독립하면 저절로 되는 줄 알았어

이영란

채륜서

1장 ── 아무것도 쉽지 않았어

2장 ── 지금 이대로, 괜찮은 걸까?

3장 — 어른이의 성장일지

4장 — 생각보다 제법 잘 살고 있어요

아 무 것 도

쉬지 않았어

"모든 자유에는 책임이 따른다는 말이
과연 이런 것이었을까?"

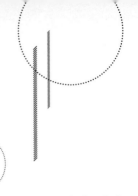

독립의 서막: 샴푸 전쟁

아직 미혼으로 부모님과 함께 살고 있는 친구들을 만나면 이래저래 볼멘소리가 많다. 부모님이 '주말에 집에 있으면 하루 종일 집에만 있는다고 잔소리', 그렇다고 밖에 나가면 '대체 뭐하고 돌아다니길래 이렇게 늦게까지 안 들어오냐'며 잔소리 삼매경이시라고. 그 와중에 소비 습관, 재무 계획, 하다못해 옷차림새까지 '잔소리. 잔소리. 그놈의 잔소리' 때문에 정말 미쳐버릴 것 같다고 울상이다.

본인들도 이제 서른이 훌쩍 넘은 어엿한 성인인데 사사건건 일상을 간섭하는 부모님 때문에 더부살이 신세가 매우 고달프다고 틈만 나면 하소연이다. 곧이어 '독립해서 자취하는 내가 너무 부럽다'며, 특히 가까운 미래에 결혼 계획이 없는 친구들이 더 성

화다.

결혼과 동시에 독립이라는 로망이 요원해진 지인들은 인생에서 언제 나타날지 모를 반려자를 기다리며 대체 언제까지 부모님과 함께 살아야 하는지 답답한 눈치다. 이제라도 독립해야 할지 심각하게 고민 중이라며, 현재 내 자취 집의 전세보증금이 얼마냐고 조심스럽게 묻는 친구들이 점점 늘고 있다.

물론 각자의 가족사를 일일이 세밀하게 내게 전부 말했을 리 없다. 그러나 지근거리에서 그들을 지켜본바, 지인들은 최근 몇 년간 부모님과 갈등의 골이 점점 깊어지는 것만은 분명해 보였다. 조용히 친구들의 푸념들을 듣다 보면 그들은 질풍노도의 10대 사춘기 시절보다 일상에서 부모님과 더 극렬히, 자주 부딪히는 것 같았다.

차라리 앞뒤 안 재고 맹렬히 부모님과 싸우던 어린 시절은 속 편한 때였다. 이젠 한눈에도 자식들보다 머리 하나는 작고 주름 가득한 부모님의 얼굴을 보면, 마냥 어릴 때처럼 속 시원하게 내지르지도 못하고 그저 속으로 참고 삭이느라 더 스트레스를 받는 눈치다.

왜 그럴까.

돌이켜보면 나도 독립하기 전 부모님과 참 많이 다퉜다. 이유를 반추해보면 취업과 동시에 생긴 내 '독립적인 소득'이 가족 내 '경제력=힘Power'을 부여해줬고, 그것이 바로 갈등의 씨앗이었다.

부모님 입장에서는 스스로 돈벌이를 하는 머리 굵은 자식을 물리적으로, 정신적으로 통제하는 일이 쉽지 않았다. 가령 배달 음식이 먹고 싶으면 더 이상 부모님께 '치킨 한 마리 사달라고' 온 갖 아쉬운 소리를 하지 않아도, 간단히 배달앱으로 주문하고 결제하면 그만이었다. 또 본방사수를 위해 부모님과 지긋지긋한 TV 채널 싸움을 더 이상 하지 않아도 됐다. 꼭 보고 싶은 드라마는 방에서 핸드폰이나 노트북으로 VOD를 결제했으니까. 내 눈에는 그렇게 예쁠 수가 없는데 부모님 눈에는 어디서 저런 천 쪼가리 같은 것을 돈 주고 사 오는지 도무지 이해할 수 없는 옷들도 월급으로 턱턱 구매했다. **'내가 번 돈으로 내가 쓰는데 뭐'**라는 생각에 부모님 잔소리쯤은 사뿐히 지려 밟았다.

사회생활을 하며 활동 반경이 학생 때와 비교도 안 되게 넓어졌고, 버젓이 내 이름으로 된 신용카드까지 쥐고 있던 마당에 두려울 것도 거칠 것도 없었다. 부모님은 사춘기도 별 탈 없이 무난히 넘겼던 모범생 딸이 하루아침에 한 마리 통제되지 않는 천둥벌거숭이처럼 느껴지셨을 것 같다. 당연히 부모님은 적잖이 당황하셨고, 사사건건 나와 참 많이 대립했다. 솔직히 고백하자면 부모님과 갈등이 너 첨예해지기 전에 녹립했던 것이 나름대로 내 인생의 신의 한 수라고 생각한다.

성인이 되어 나타난 갈등의 또 다른 원천은 내게 **'부모님과 다른 확고한 취향'**이 생겼다는 데 있다. 삶의 영역, 그러니까 옷이나 신발 같은 것들을 넘어서 샴푸, 샤워젤, 바디로션부터 섬유 유연제, 커피 원두, 자질구레한 일상의 생활용품들까지. 과거에 엄마가 '엄마의 취향'대로 구비해 둔 일상용품들에 반기를 들기 시작했다.

특히 '향'과 '내 피부 타입, 두피 타입'에 맞춰 최적화된 욕실용품들은 가족 개개인의 취향보다 '위생'과 '가성비'에 초점을 맞춘 엄마의 욕실용품들과 첨예한 갈등을 일으켰다. 아직 최애 바디용품을 찾지 못했을 때라 이것저것 다양한 샤워젤과 바디로션을 잔뜩 사 모으고, '이건 내 것=나만 쓰는 것'이라고 가족들에게 못박는 내게 엄마는 '왜 이렇게 혼자 유난을 떠는지 모르겠다'며 불편한 기색을 드러내셨다. 일상의 자잘한 영역에서 번번이 부모님과 부딪히며 삐그덕 거렸다. 짐작건대 아직 부모님과 살고 있는 친구들도 내 경험과 별반 다르지 않은 이유로 부모님과 그렇게 극렬하게 싸우고 집을 나올 고민을 하고 있는 것이 아닐까?

확실히 독립 이후 부모님과 소모적인 다툼이 사라지자 삶이 더부살이 시절에 비해 제법 매끄러워졌다. 이제 더 이상 부모님 눈치 볼 일 없이, 내 취향대로 살림살이를 장만하고 일상의 규칙도 온전히 나 스스로 결정하니 불필요한 에너지 낭비가 눈에 띄게 줄었다.

그러나 인생에서 하나의 문이 열리면 반드시 다른 하나의 문이 닫히는 법. 독립해 부모님과 라이프스타일 전쟁을 피한 대신 나는 1인 가구의 가장으로서 종전과는 전혀 다른 유형의 난관에 봉착했다.

모든 자유에는 책임이 따른다는 말이 과연 이런 것이었을까?

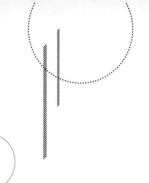

아가씨 혼자 살게?

27살, 드디어 독립이다.

그맘때 나는 수도권 부모님 댁에서 서울 소재 직장으로 매일 출퇴근하며 만원 버스 안에서 부대끼는 게 일상이었다. 이미 운전석 앞까지 빼곡한 사람들 사이를 비집고 올라타는 것은 시작에 불과했다. 출근 동지들 틈에서 한껏 구겨져 있다가 목적지에서 인파를 뚫고 '쇼생크 탈출' 하듯 뛰어내리는 생활에 정말이지, 신물이 났다.

요즘은 시스템이 변해 광역버스에서 승객들이 대부분 자리에 앉아 이동하지만, 2010년대 초반만 해도 일단 앞문 발판에 한 발이라도 걸쳐야 하는 일명 '승차 전쟁'이었다. 간신히 손잡이를 부여잡은 채 양옆 사람들에게 몸을 의탁해 이동하면서 앞뒤 사람들의 숨결을 고스란히 마시는 것은 덤이었다.

그런 생활을 반복하며 체력 소모가 컸던 나는 슬그머니 부모
님께 독립의 운을 떼 봤지만, 철옹성 같은 반대에 부딪혀 번번이
의견을 관철시키지 못했다. 오기도 생기고 더 이상 이런 생활을
계속했다가는 회사와 집만 맴도는 지박령이 될 것 같아 끈질기
게 부모님을 설득해 마침내 허락을 받았다. 그러나 불꽃처럼 활
활 타오르던 강력한 독립 의지와는 달리 막상 혼자 집부터 구하
려고 하니 어디서부터, 무엇을 어떻게 시작해야 할지 눈앞이 깜
깜했다.

대망의 독립의 첫 관문,
'집 구하기'는 대체 어떻게 시작하지?

일단 거주할 지역을 정하는 것이 우선이었다. 무엇보다 나는
체력과 시간을 아끼기 위해 회사 근처에 집을 구하기로 마음먹었
다. 당시 재직하던 회사는 서울 외곽이긴 했지만 2호선 라인에 맞
닿아 있어 나름대로 교통의 요지에 위치했다. 회사를 거점으로
1~2정거장 근처에 나 같은 사회 초년생과 자취하는 대학생들이

많이 살고 있었다. 그곳은 서울권에서 상대적으로 전월세 값이 저렴한 편이었고, 1인 가구 비율도 높아 내가 구하고자 했던 원룸형 매물도 많은 편이었다.

부동산 중개 앱을 깔고 수중의 전세금 안에서 매물들을 쭉쭉 훑어보다가 마음에 드는 곳 몇 군데를 추려 등록된 중개인들에게 연락했다.

첫 번째 부동산에 연락해 퇴근하고 집을 보러 가도 되냐고 묻자 흔쾌히 오라고 하시길래, 면도날 같은 예리한 칼퇴를 하고 바로 부동산으로 향했다. 속으로는 내심 잔뜩 쫄았지만 초짜인 것을 들키지 않으려고 겉으로 애써 태연한 척, 여기저기 다 알아보고 온 척했다. 그 누구에게도 절대로 단돈 십 원 한 장 떼이지 않겠다는 결연한 마음으로 첫 번째 중개인을 마주했다.

"아가씨 혼자 살게? 보증금은 얼마 있고?"

나를 보자마자 대뜸 말부터 놓으시던 그분. 우리 부모님보다 조금 젊어 보였고, 막내 삼촌뻘 돼 보이는 부동산 중개인은 내가 미처 뭐라 대답하기도 전에 '일단 나가자'며 본인을 따라오라고 손짓했다. 얼떨결에 따라나선 부동산 뒤에는 작은 소형차가 주차되어 있었고 중개인은 쏜살같이 차에 시동을 걸고 올라탔다.

'뭐지? 오늘 처음 본 사람과 단둘이 차에 탄다고?'

'옆 좌석에 타는 건 좀 부담스러운데? 택시처럼 뒤에 타면 좀 이상할까?'

내적 갈등이 심연에서 울렁이는 와중에 어서 타라며 거듭 재촉하시길래 얼떨결에 조수석에 올라탔다. 그제야 내가 찜해 둔 매물은 이미 나갔고, 근처에 적당한 집이 있으니 그 집 대신 다른 집을 보여주겠다며 동네 샛길을 빠르게 누비는 승용차 안에서 멘탈이 카오스 상태가 됐다.

'뭐지? 난 그 집 보러 온 건데? 오늘 오전에 회사에서 본 건데 그새 벌써 나갔다고?'

'진짜인가? 말로만 듣던 허위매물에 지금 낚인 건가?'

순간 심장 박동이 빠르게 상승하기 시작했다. 그렇게 시끄러운 내 속사정을 알 리 없는 중개인은 또다시 속사포처럼 말을 이었다.

"아가씨 직장인이야? 그 돈 가지고는 좀 빡빡한데. 딱 ○○만 더 있으면 진짜 좋은 집들 많은데. 혹시 부모님이 좀 보태줄 수 없나? 대출 안 돼?"

질문 내용과 상관없이 처음 만났을 때부터 계속 쏟아지는 그 '반말 모드'에 영 기분이 좋지 않았다. 그래도 일단 나보다 연장자셨고, 이왕 여기까지 따라왔으니 보여준다는 집은 보고 가야지 싶어 지금이라도 당장 '차 세워!'라고 외치고 싶은 마음을 꾹꾹 눌러 담았다.

"회사원이에요. 추가 예산은 없어요."

그렇게 짧게 대답하고 침묵을 지켰다. 그사이 어딘지도 가늠이 안 되는 낯선 풍경들이 창밖으로 빠르게 지나갔다. 그날 첫 번째 중개인이 보여준 매물들은 부동산 중개 앱에서 내가 봤던 사진들과 사뭇 달랐다. 집 사이즈도 훨씬 작았고, 한눈에도 연식이 오래되어 보이는 단독 주택의 옥탑방이나 작은 빌라를 원룸 형태로 개조한 매물들이 전부였다. 중개 앱에서 보고 염두에 두었던 매물들에 비해 당연히 성에 찰 리가 없었다. 집 상태는 둘째 치고 주변 치안도 영 좋아 보이지 않았다.

　"치안 좋은 깔끔한 방으로 보고 싶은데요. 원룸형 오피스텔은 없나요?"라고 말하자 중개인은 어이가 없다는 듯 나를 쳐다보며 "아가씨. 그 돈으로 그런 데는 못 구해. 회사 어딘데? 대출 안돼?"라며 또 예의 그 반말로 핀잔을 줬다.

　가뜩이나 중개 앱에서 점찍어 둔 매물과 비슷한 방들은 하나도 보여주지 않아 기분이 썩 유쾌하지 않았는데, 생전 처음 본 중개인이 말끝마다 따박따박 "아가씨. 아가씨"라고 부르며 하대하듯이 말하자 시간이 갈수록 더 기분이 상했다. 물론 나는 법적으로 미혼이니 엄밀히 따지면 공식적으로 '아가씨'가 맞다.
　문제는 중개인의 태도였다. 굳이 '아가씨'라는 말을 붙이면서 나를 묘하게 한 수 이래로 보며 만만히 생각하고 있음이 온 몸으로 느껴졌다. 아무리 내가 본인보다 어려도 명색이 '고객'인데 말이다. 그의 언행을 곱씹고 있자니 집에 돌아와서도 바닥까지 가라앉은 기분은 좀처럼 나아지지 않았다. 그래도 하루빨리 살 집을 구해야 하니 일단 언짢은 마음을 털고 다시 부동산 중개 앱에 접속해 매물들을 살펴봤다.

'지하철역에서 10분 거리, 치안이 좋아 보이며, 지어진 지 5년 이하의 신축 혹은 리모델링 매물'로 필터를 설정하니 결과로 나온 매물들은 모두 내가 염두에 두었던 예산 범위를 가뿐히 넘어섰다. 보증금 대비 집 상태에 대한 명확한 판단 기준이 없었던 나는, 정말 내 예산으로는 둘러보고 온 만족스럽지 못한 방들과 끝내 타협해야 하는지 좀처럼 가늠이 되지 않았다. 부모님께 '나 혼자 전부 알아서 할 테니 개입하시지 말라'며 호기롭게 독립 선언을 했건만 결국 태세를 전환해 백기 들고 SOS를 쳐야 하는지 고민됐다.

'안돼! 그래도 자존심이 있지. 집세도 나 혼자 알아서 하기로 했는데 일단 진정하고 내일 회사에 가서 독립한 친구들한테 물어보자!'

그렇게 마음먹고 잠자리에 들었지만 도무지 잠이 오지 않아 새벽까지 한참을 뒤척였다.

다음 날 퀭한 눈과 까끌해진 얼굴로 회사 동기들 중 독립해 혼자 살고 있는 친구들을 사내 카페테리아로 소환하여 자초지종을 늘어놨다. 나의 자취 선배들은 원래 부동산에서 처음에는 다 그렇게 '기죽이기'를 한다며 절대 분위기에 휩쓸리지 말고 꿋꿋이 원래 조건들을 고수하다보면 원하는 집을 찾을 거라는, 피가 되고 살이 되는 조언들을 쉴 새 없이 쏟아 냈다. 그렇게 점심시간을 통째로 반납하고 다시 업무에 복귀하러 자리로 가는 길에 독립 선배들이 또다시 말을 보탰다.

"근데, 집 보러 다닐 때 웬만하면 부모님이랑 같이 다녀. 돈은 안 보태준다고 하셨지만 그래도 같이 집 보는 건 해주실 수 있잖아. 부모님이랑 같이 다녀야 여자 혼자 왔다고 함부로 무시 못 하고 좋은 집도 더 많이 보여줘."

'내가 무슨 어린애도 아니고 다 큰 성인인데 부모님 동반이 웬 말이냐며!' 단칼에 반박하고 싶었지만 이미 '나 홀로 매물 정찰'

에서 그놈의 '아가씨' 소리에 신물이 났던 나는 선배들의 조언을 받아들이기로 했다. 독립해서 주체적으로 살겠다는 원대한 꿈이 첫 단추부터 부모님께 도움을 청해야 하는 상황으로 치달아 내심 자존심이 상했지만, 또다시 지난번 그 불쾌한 경험을 반복하긴 싫었다. 결국 엄마에게 실토하고 도움을 요청했다.

정말 부모님과 동행해서였을까?

분명 나는 똑같은 지역에 이전과 동일한 보증금을 말했는데 부모님과 같이 본 집들의 상태는 그전에 혼자 보러 갔던 집들과 사뭇 달랐다. 신축급의 제법 깔끔한 외관과 지하철역과 가까운 거리의 상태 좋은 집들을 둘러보며 그중 하나로 최종 계약했다. 나의 기분 탓인지 모르겠지만 중개인들의 말투도 한결 부드러웠고, 다짜고짜 내게 반말하는 경우도 없었다. 더 이상 나를 '아가씨'라고 부르지도 않았다. 그렇게 가계약을 하고 돌아오는 길에 문득 '만약 사정이 여의치 않아 부모님의 동행이 어려운 친구들은 어쩌나?' 싶은 생각이 들어 마음이 편치 않았다. 나 역시 이번에는 부모님을 동행했지만 언제까지나 엄마아빠가 일일이 동행해 주실 수는 없는 일 아닌가.

처음 만났던 중개인의 태도를 내가 너무 예민하게 받아들이나? 싶었지만 분명히 "아가씨, 혼자 살게?"라는 질문과 그놈의 '아가씨 타령'에는 말로 설명하기 어려운 불쾌함이 묻어났다.

하, 오피셜리 아가씨인 나는 독립 첫 관문부터 뭐 하나 쉬운 일이 없구나.

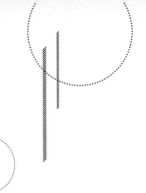

인생의 등급

살면서 내 인생에 지대한 영향을 미치는 숫자는 기껏 수능 등급이 전부인 줄 알았다. 각 영역별 숫자 하나하나에 희비가 교차했다. 앞으로 남은 내 인생이 온통 그 등급들로 좌지우지되는 것 같았지만, 살아보니 수능 등급보다 인생에 더 큰 영향을 미치는 것이 있었다. 바로 '신용 등급'이다.

처음 독립했을 때 아직 사회 새내기였던 나는 수중에 전세금으로 쓸 종잣돈이 충분치 않았다. 주변의 조언을 참고해 부족한 금액은 은행에서 대출로 융통할 생각이었다. 때마침 엄마와 보고 온 원룸이 마음에 들어 가계약까지 걸어 놓고 온 상태라 모자란 금액만큼 꼭 대출 승인이 필요했다.

그렇게 은행에 난생처음 홀로 대출 상담을 가는데 어찌나 떨리던지. 마치 전쟁터에 첫 출정하는 용사처럼 한껏 긴장됐지만 마음가짐만은 비장했다. 요즘은 내 집 드나들듯 주거래 은행을 수시로 찾아가지만 그때는 은행 문턱 넘는 것이 참 고역이었다.

지금은 제법 안면을 튼 행원분들께 궁금한 것들을 편하게 물어보고 미주알고주알 근황 토크도 하면서 자연스럽게 재무 상담까지 하는 경지에 이르렀지만 경험이 미천한 사회 초년생인 그때는 너무 떨렸다. 마치 돈을 꾸러 남의 집 문을 하염없이 기웃거려야 하는 처지가 된 것 같아 한껏 위축됐다.

내 명의로 된 부동산 계약도, 대출도, 그 모든 것들이 생전 처음 해보는 것들이라 두렵고 떨리기만 했다. 현재 내가 끌어안고 있는 대출금에 비하면 새 발의 피 같은 금액이었지만, 그때는 앉으나 서나 대출 승인이 거절될까 노심초사했다.

만약 승인이 거절되어 나의 원대한 독립 계획이 수포로 돌아갈까 걱정되어 온종일 전전긍긍한 탓에, 한동안 입맛도 잃어 그 유명한 '맘고생 다이어트'로 양 볼이 움푹 패이고 눈 밑도 푹 꺼졌다.

요즘은 온라인으로도 쉽게 대출 신청과 결과 조회가 가능하지만 그때는 일단 무조건 은행에 방문해야 했다. 점심시간을 쪼개어 월급 통장이 연동된 주거래 은행으로 찾아갔다. 번호표를 뽑고 앉아 대기하는데, 초조함과 긴장감에 한여름이었는데도 양손에 식은땀이 가득했다.

'띵동' 소리와 함께 창구 앞 작은 전광판에 내 번호가 떴다. 오늘만큼은 자주 다니던 입출금 전용 창구가 아니라 다른 편에 번듯하게 차려진 대출 창구가 내 목적지이다. 자리에 앉아 상황을 설명하고 챙겨간 서류들을 내놓았다. 그 자리에서 필요한 서류는 바로 작성했는데 그 종류와 양이 꽤 방대했다. 행원님이 형광펜으로 표시해준 부분들을 빠르게 채우며 작성했고 수많은 곳에 서명했다. 중간 중간 행원님이 친절히 설명해 주셨지만 솔직히 뭐가 뭔지 단박에 잘 이해되지 않았다. 일단 짚어주는 곳에 충실히 서명하고 열심히 고개를 끄덕거리는 것이 내가 한 일의 전부였다. 서류 중에는 신용 정보를 조회하는 것에 동의한다는 내용도 있었는데, 그 전에는 일절 관심도 없었던 나의 신용 등급이 대출 심사와 한도에 영향을 미친다고 하자, 괜스레 마른침이 꿀꺽 삼켜졌다. "제 신용 등급은 몇 등급인가요?"라고 잔뜩 쫄아서 쭈그리처럼 물어봤다.

대답을 기다리는 그 찰나의 순간이 최후의 심판을 기다리는 수감자처럼 긴장됐다. 지금 당장은 결과를 알려줄 수 없고 말씀드린 추가 서류들을 가지고 내일 다시 한번 방문하시라는 대답이, 꼭 판결을 유예하고 다음 공판에서 보자는 판사의 선고처럼 기운 빠지게 했다. 다음 날 재방문하기까지 하루 꼬박, 24시간을 온통 대출과 신용 등급만 생각했다. 다시 만난 은행 언니는 어제처럼 친절했지만 나 혼자 또 심판 의자에 앉은 것처럼 좌불안석이었다.

다행히 제법 규모 있는 회사에 취직한 덕에 꽤 높은 신용 등급이 나왔다. 예금과 적금 외에 별다른 금융 활동이 전혀 없었음에도 말이다. 목표했던 대출금을 무난히 빌릴 수 있었다.

막연히 빚이 없으면 신용 등급이 높을 것이라 생각했는데, 오히려 적절한 금융 활동이 신용 등급에 긍정적인 영향을 준다는 설명을 듣자, 어린 마음에 마냥 신기해했던 기억이 난다.

그러나 대출금 이자 납입은 물론이요, 각종 공과금 이체와 휴대폰 요금까지 기한 내 제때 납부하지 않으면 신용 등급이 떨어진다는 부연 설명도 듣자, 평소 덤벙거리는 성격에 가끔 핸드폰 요금 납입 일을 놓치곤 했던 나는 또다시 잔뜩 겁을 먹고 집으로 돌아왔다.

귀갓길에 문득 '모든 인간은 평등하다고 배웠는데, 이렇게 등급을 매겨 버리면 불평등한 것 아닌가?' 라는 생각이 들었다.

다행히 나도 모르는 사이 내 인생에 매겨진 높은 신용 등급 덕에 원하던 대출금이 나오긴 했지만 영 뒷맛이 개운치 않았다. 10대 때는 수능 등급에 목매달아 살았는데, 그럼 앞으로는 신용 등급에 목매여 살아야 하나? 싶은 의문이 들었다.

불현듯 **'어쩌면 지금 이 순간에도, 앞으로 내 인생에 막대한 영향을 미칠지 모르는 이름 모를 등급들이 내게 책정되어 부여되고 있을까?'** 궁금해졌다.

에라이, 설혹 그렇다면 앞으로도 그냥 계속 모르고 싶다.

이럴 때야말로 그저 모르는 것이 약이지 싶다.

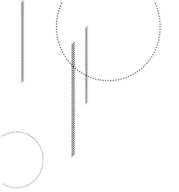

나 라면 싫어해

학수고대하던 독립에 신이 나, 한동안 직장 동료들과 선후배, 친구들에게 동네방네 자랑하고 다녔다. 그러면 열에 아홉은 내게 "라면 사야겠네. 라면 샀어?"라고 받아쳤는데. 질문의 의도가 요리 고자에 집에 먹을 것이라고는 쌀알 한 톨도 없어, 혹여 내가 굶어 죽을까 봐 비상식량으로 라면은 구비해 뒀냐고, 순수하게 내 삶의 안위를 걱정해주는 것은 당연히 아니었다.

그 유명한 영화 봄날, 배우 이영애 님의 명대사,

"라면 먹고 갈래요?"

집 앞에서 발길을 돌리는 남자 주인공을 불러 세우는 바로 그대사. 그 한 문장 때문에 혼자 사는 여성들이 영겁의 세월 동안 주구장창 희롱 받을 것이라고는, 정작 감독도 예상치 못했다고 한다. 그럴 줄 몰랐다고 하니까 더 이상 할 말은 없지만 영화 속에서 그 대사 이후 파생되는 상황까지 염두에 둔 바로 그 한 마디.

"라면 먹고 갈래요?"

생뚱맞지만 나는 라면이 싫다. 지극히 개인적인 기호로 정확히 '봉지 라면'이 싫다. 어릴 때 컵라면을 좋아하긴 했는데 그마저도 성인이 되어 라면을 포함한 즉석식품 자체를 멀리했다.

자연스럽게 내 집 식재료 목록에 '라면'이 차지할 자리 따위는 없었다. 가뜩이나 별로 좋아하지도 않는 '라면 타령'이 꽤나 지긋지긋한데, 친한 지인들이 그저 장난으로 던지는 농이라 "나 라면 싫어해. 내 집에 라면 따위가 있을 곳은 없다."라고 대답하며 웃어 넘겼다.

사실 라면이 무슨 죄인가. 본질은 혼자 사는 미혼 여성의 집은 언제든지 접근 가능한 공간이라는 낡디 낡은 통념이 우스울 뿐이다.

한술 더 떠 소개팅에서 제일 인기 많은 여성은 예쁜 여자도 아니요, 재력 있는 여자도 아니라 바로 혼자 사는 여성이라는 농담도 있다. 웃자고 한 말이지만 정작 듣는 사람은 웃을 수 없는 농담.

'라면 안 사?'라는 질문과 무엇이 다를까. 사회에 혼자 사는 미혼 여성은 누군가를 쉽게 집 안으로 들일 수 있는 사람이라는 인식이 만연하다. 이렇게 1인 가구 여성을 타깃으로 한 석연치 않은 농담들에 언짢은 마음은 비단 나만의 감정이 아닐 것이다.

소개팅 후 혼자 집에 갈 수 있다는 내 의사를 무시하고 기필코 집에 데려다주겠다며, 굳이 내가 사는 집의 위치를 알고자 했던 사람들. 적당한 예의로 집 앞까지의 동행을 받아들이면 무엇을 기대하는 것인지 오피스텔 공동 현관 근처에서 우물쭈물하며 쉽게 떠나지 않고 자리를 지키던 사람들. 집이라는 매우 사적인 공간이 혼자 사는 미혼 여성이라는 이유로 누구든 쉽게 선 넘어 들어올 수 있는 장소라 여겨지며 벌어진 사태들에 종종 기가 차 할 말을 잃는다.

불청객 공포는 비단 낯 모르는 제3자에게만 해당되는 것도 아니다. 기혼 자녀들 집에 방문하는 것은 엄연히 '남의 집'이라고 생각해 어려워하시지만 정작 미혼 자녀들의 집에 거리낌 없이 수시로 방문하시는 부모님 때문에 스트레스를 받는 친구들도 여럿 봤다. 물론 수시로 도어락 비밀 번호를 바꾸는 나 때문에 서프라이즈 방문이 번번이 좌절되는 우리 부모님 같은 경우도 있지만 그나마 대부분 오시기 하루 이틀 전에 미리 말씀을 하시는 편이라 큰 갈등은 없다.

혼자 사니까 동거인들의 눈치 볼 필요 없이 가끔 지인들을 초대해 집에서 편히 먹고 마시는 것도 분명 내 인생의 즐거움 중 하나다. 그러나 어디까지나 '내가 초대할 때' 즉, '내 자발적인 허락이 있을 때'만 가능한 일이다. 하지만 내가 혼자 산다고 자꾸 그 규칙을 무시하려는 사람들 때문에 번번이 트러블이 생긴다. 내 집에 나의 허락 없이 접근 불가한 사람들이 지극히 사적인 내 공간을 아무렇지도 않게 이용하려고 하여 갈등이 생기는 상황.

명백히 그들이 원인 제공자들인데 마치 내가 혼자 살아서 분란의 씨앗을 제공한다는 논리. 꼭 짧은 치마를 입어서 성폭력 피해를 당하는 것이라는 어불성설처럼 정작 피해자를 원인 제공자로 몰아붙인다.

사실 봉지 라면이든 컵라면이든 그게 뭐가 대수란 말인가. 꼭 라면이 아니라 그것이 무엇이든 내 허락 없이 무언가를 빌미로 내 집에 들어올 여지는 전혀 없다. 그 사실을 주변에 항상 강조하고 있지만 새로운 사람들에게 혼자 사는 것이 알려지면 으레 같은 질문이 도돌이표처럼 반복된다.

"그럼 집에 라면 많이 있으시겠네요"

나 빼고 단체로 고전 유머 학교라도 졸업했나 싶다. 정작 당사자가 웃어야 농담인데 받아들이는 나는 전혀 웃기지도 않고 오히려 혼자 세상 심각하다. 농담도 일종의 가벼운 폭력이라는데, 혼자 산다는 이유만으로 매번 낯선 사람들에게 어퍼컷을 맞는 느낌이다. 슬슬 "라면이 싫다"며 반격의 잽을 날리는 것도 지겹다. "저는 피망이 싫어요"라고 외치는 어린이처럼 허구한 날 "저는 라면이 싫어요."라고 외치는 성인 여성이라니!

부디 이 고루한 라면 농담이 최불암 시리즈처럼 책에서만 찾아볼 수 있는 오래된 농담들로 하루빨리 사장됐으면 좋겠다.

그놈의 라면 타령들, 정말이지 지긋지긋하다.

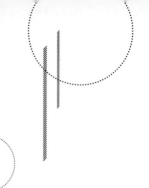

아빠의 선물

한 번 잠들면 누가 업어가도 모를 정도로 잠귀가 어두운 편이
었는데 독립하고 잠귀가 점점 밝아지는 느낌이다. 원인에는 여러
가지가 있겠지만 아무래도 늦은 밤, 깊은 새벽에도 스스로를 보호
할 사람은 나밖에 없다는 생각에 긴장의 끈을 완전히 놓지 못하는
것 같다.

새벽에 집 밖에서 작은 소리만 나도 스르르 눈이 떠진다. 소
리의 정체는 갑자기 쏟아진 소나기가 창문을 두들기는 것이기도
했고, 때로는 이웃집의 늦은 귀가 소리이기도 했다. 아무리 현관
에 이중 자물쇠를 설치하고 창문마다 방범 장치를 달았어도 피곤
해 완전히 곯아떨어지지 않는 한, 어딘지 마음 한구석이 늘 불안
하다.

경직된 마음이 조금 풀리려 하면 여지없이 언론에 보도되는 1인 여성 가구를 대상으로 한 강력 범죄 소식에 또 긴장의 끈을 바짝 쪼이게 된다.

사람에 대한 겁이 원체 많은 나는 처음 집을 구할 때 '치안'을 가장 중요히 생각했다. 끝까지 역세권을 포기하지 못했던 이유도 거기에 있다. 대중교통 이용이 편하다는 이유는 둘째 치더라도, 지하철역에서 집까지 거리가 짧으면 짧을수록 내 신상에 변고가 생기지 않을 것 같았다. 그러나 역세권 집들은 대부분 내가 가진 예산 범위를 초과했고, 부동산 중개인들은 자꾸 5분만 더 걸으면 된다며 내 심리적 마지노선 거리를 훌쩍 벗어난 매물들을 권했다. 특히 해가 지면 지하철역에서 1분 멀어질수록 내가 안전하지 못할 상황에 1분 더 노출된다는 생각에, 역세권을 벗어나면 벗어날수록 더 불안했다.

여러 집들을 살펴보며 난생처음으로 **'이렇게 돈으로 안전도 사는 것이구나'**라는 생각이 들었다. 아무래도 외부인이 함부로 들어갈 수 없도록 1층 공동 출입 구역에 비밀번호를 입력해야 하는 제어 장치가 설치된 집들에 더 마음이 갔다. 그러나 그런 곳들은 대부분 신축이라 전월세 값이 비쌌다. 또 1층에 경비원이 상주하는 오피스텔들은 준공 연도와 시설의 좋고 나쁨에 상관없이 관리비가 매우 비쌌다. 겁이 많은 나는 결국 고민하다가 치안을 대가로 원래 설정한 예산을 훨씬 초과하는 집을 계약했다.

예상보다 늘어난 대출금과 대출이자가 결국 내 안전을 담보로 추가 지불해야 하는 비용인 셈이다. 집을 구하며 많은 것들을 타협해야 했지만 마지막까지 타협할 수 없었던 항목이 바로 '치안'이었다. 그렇게 고르고 골라 얻은 집인데 그럼에도 불구하고 한밤의 작은 소리에도 소스라치게 놀라며 눈이 떠지기 일쑤였다.

첫 독립 이사 전날, 부모님 댁에서 옮길 짐들을 한참 싸고 있는데 불현듯 아빠가 이건 꼭 가져가야 한다며 내게 무언가 건네셨다. 받고 보니 한 손에 딱 쥐어지는 납작한 짱돌이었다.

생각지도 못한 아빠의 아이템에 그만 자리에서 웃음이 터지고 말았다. 깔깔거리며 정신없이 웃는 나와 달리 아빠는 매우 진지했다. 그 짱돌을 항시 침대 머리맡에 두고 자라고 신신당부하셔서 그 진지한 태도에 한 번 터진 웃음은 그칠 줄 몰랐다. 아빠가 농담으로 장난치시는 줄 알고 대수롭지 않게 생각하며 곧바로 다른 짐들을 챙기느라 그렇게 '아빠표 호신용 짱돌'의 존재를 까맣게 잊었다.

이사 후, 짐 정리를 대충 마치고 해방감에 젖어 침대에 몸을 던지자 머리맡에 뭔가 딱딱하게 걸렸다. 얼른 일어나 자세히 살펴보니 침대 헤드와 매트리스 사이에 바로 '그 짱돌'이 끼워져 있었다. 낮에 부모님이 이삿짐 정리를 잠깐 도와주고 가셨는데, 그사이에 이걸 언제 또 여기다 끼워 두셨나 싶어 절로 웃음이 나왔다.

곧바로 엄마에게 전화를 걸어 아빠가 기어이 '그 짱돌'을 내 침대 머리맡에 끼워 두고 가셨다고 깔깔거리며 숨넘어가게 말했다. 엄마는 그거 그래 보여도 아빠가 **본인의 수석 컬렉션 사이에서 고심고심해서 골라 가져간 것**이라고. 자나 깨나 딸내미 걱정에 소중히 챙겨 가져갔다고 하니 차마 더 이상 웃을 수가 없었다. 한두 살 먹은 어린애도 아니고 이미 장성한 자식이 딸이란 이유로 노심초사하며 호신용 돌을 골랐을 아빠의 모습과, 부산스럽게 짐 정리하는 와중에 슬그머니 그 짱돌을 침대 머리맡에 기어이 심어 둔 아빠의 모습이 오버랩 되어 마음 한구석이 뭉클해졌다.

이 세상에 돈으로 살 수 있는 많은 것들이 있지만 나는 분명히 돈으로는 살 수 없는 것들도 있다고 믿는 쪽이다. 평소에 대한민국에서 안전할 권리는 그저 누구나 다 누리는 사회 공공재 같은 것들이라 생각했는데, 막상 여자 혼자 살 집을 구하러 다닐수록 치안도 돈으로 사는 부분인 것 같아 못내 씁쓸했다.

요즘 가끔 뉴스에 보도되는 최신식 주상복합이나 신축 아파트들의 보안 수준을 보면 흡사 중세 시대 커다란 성채가 연상된다. 성 밖의 사람들은 절대 함부로 접근할 수 없는 엄청난 요새.

물론 그 안에 사는 사람들도 그곳에서 두 발 뻗고 마음 편히 잘 권리를 대가로 엄청난 비용을 지불했을 테지만, 과연 앞으로 나는 얼마나 더 지불할 수 있을까?

'내 집에서 마음 편히 잠드는 대가로 앞으로 나는 얼마나 더 많은 비용을 지불해야 할까?'

액수가 어렴풋이 짐작도 되지 않았다. 그래서 일단 복잡한 생각은 차지하고, 오늘은 우선 '아빠표 호신용 짱돌'에 의지해 잠을 청해 본다.

1인 가구라면 다들 호신용 짱돌 하나쯤은 필수 아닌가!

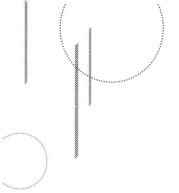

수신자 정금산

직장인의 팍팍한 삶에 한 줄기 단비 같은 점심시간.

점심을 후다닥 먹고 커피 한 잔을 손에 쥔 채 살랑한 바람을 맞으며 팀 선배와 이런저런 이야기를 하며 회사 주변을 걸었다. 나와 같은 1인 가구인 선배는 본인은 절대 혼자 배달 음식을 안 시켜 먹는다고 했다. 여자 혼자 살고 있는 집이라는 것을 굳이 외부에 알리고 싶지도 않고, 1인분만 주문하는 것도 좀 그래서 정 먹고 싶은 음식이 있으면 그냥 매장에 들러 직접 포장해다 먹는다고 하셨다.

'아니 남녀가 내외하는 조선시대도 아니고 뭐 그렇게까지 예민하게 구느냐'고 하는 내게 '네가 아직 세상 무서운 줄 몰라서 그렇다'면서 요즘 얼마나 세상이 흉흉한데 절대 여자 혼자 사는 집이라고 외부에 알려지지 않게 조심하라고 신신당부하셨다.

얼마 후, 여자 혼자 사는 집에 몰래 뒤따라 들어가 범죄를 저지르려고 하다가 이웃들에게 덜미를 잡혀 검거당한 사례가 뉴스에 크게 보도됐다. 공개된 CCTV 영상을 보니 정말 남 일 같지 않았다. 그래서 한동안 집에 들어가기 전 혹시 뒤따라오는 사람은 없는지, 오피스텔 저 복도 끝에서 누군가 갑자기 뛰쳐나오는 것은 아닌지, 한참을 두리번거렸다.

'거주자 개인 정보'가 새어나가는 경로는 비단 배달 음식뿐만 아니었다. 택배에 붙은 송장으로도 그 집에 어떤 사람이 사는지 금방 파악이 가능하다 하길래, 한창 1일 1택배를 시전하고 있던 소비 요정으로서 갑자기 불안감이 엄습했다.

하지만 그때뿐. 고단한 일상에 배달 음식과 택배는 절대 끊을 수 없는 것들이다. 유난히 지쳤던 어느 날, 퇴근 후 손 하나 까닥할 힘이 없어 습관적으로 배달 음식을 시켰다.

얼마 후 현관 초인종이 울렸는데 웬일인지 인터폰 너머에 사람이 보이지 않고 텅 빈 화면만 보이는 게 아닌가. 보통 1층 공동현관에서 미리 한 번 인터폰이 울리는데, 그날은 어쩐 일인지 공동 현관을 패스하고 바로 현관 밖 초인종부터 울렸다. 배달하시는 분이 다른 입주자들이 들어올 때 같이 들어왔나 싶어 현관 인터폰을 다시 바라보고 있는데, 때마침 인터폰 화면이 꺼짐과 동시에 누군가 현관문을 거칠게 두드리기 시작했다.

쿵쿵쿵.

위협적으로 울리는 노크 소리에 내 심장도 쿵쿵쿵 요동쳤다. 떨리는 목소리를 애써 진정시킨 채 최대한 담담한 목소리로 "문 앞에 놔주세요"라고 말하자 곧 무언가 묵직한 것이 툭. 바닥에 떨어지는 소리가 들렸다. 음식을 바닥에 살포시 내려놓는 것이 아니라 바닥에 툭 내다 버리듯이 팽개쳐 버렸음을 소리만 들어도 본능적으로 알 것 같았다. 일반 물건도 아니고 사람이 먹는 음식을 그렇게 버리듯 팽개치는 것이 기분이 좋지 않았지만 인터폰 너머로 보이는 검은 형체에 압도되어 숨소리조차 함부로 내지 못했다. 목에서 코 아래까지 이어진 까만 마스크를 올려 쓰고 헬멧도 착용해 얼굴이 전혀 보이지 않았다. 음식을 문 앞에 팽개쳐 버리고도 한동안 현관 앞에서 나를 쏘아보는 것 같았던 검은 형체. 얇은 문 사이로 살벌한 긴장감이 흘렀다.

너무 겁이 나, 한동안 쥐 죽은 듯이 숨죽여 있었다. 인터폰에서 사람의 형체가 사라진 후에도 도저히 집 밖에 있는 음식을 가져올 엄두가 나지 않았다. 행여 아직도 누군가 현관문 밖에 서 있는 것 같아 불안해하길 30분쯤 지났을까.

공포와 두려움에 허기도 전부 사라졌지만 언제까지 음식을 집 밖에 놔둘 수 없어 보조 걸쇠를 건 채, 조심스럽게 문을 조금 열어봤다. 천적들을 피해 피난처 입구에서 머리만 내밀고 정탐하는 생쥐처럼, 그 작은 문틈 사이로 이리저리 주변을 살펴보고 아무도 없음을 확인하자, 그제야 보조 걸쇠를 완전히 풀고 낚아채듯이 음식을 집 안으로 들여왔다.

예상대로 바닥에 팽개쳐진 음식은 하필 국물 음식을 시킨 탓에 비닐 포장 안에 내용물이 넘쳐 바닥이 흥건했다. 속상하고 기분도 많이 상해 당장 음식점에 항의하고 싶은 마음이 굴뚝 같았지만 나의 집 주소를 뻔히 알고 있다는 것까지 생각이 닿자, 혹시라도 나중에 더 해코지당할까 봐 마음을 접었다. 자라 보고 놀란 가슴 솥뚜껑 보고도 놀란다고 그 이후 한동안 배달 음식을 시켜 먹지 않았다. 유쾌하지 않았던 그날의 경험 이후, 갑자기 별생각이 없었던 택배까지 몹시 신경 쓰이기 시작했다.

지금은 주문할 때 안심 번호를 선택해 개인 휴대폰 번호가 그대로 노출되지 않게 할 수 있지만 불과 몇 년 전만 하더라도 택배 송장에 이름과 주소, 핸드폰 번호까지 개인 정보가 고스란히 노출됐다.

인터넷에는 일부러 남자 신발을 현관에 둔다는 둥, 배달원 앞에서 아무도 없는 빈방을 향해 "여보! 음식 왔어~"라고 외친다는 둥, 혼자 사는 여성 동지들의 각종 짠내 나는 에피소드들이 넘친다. 그렇게 자취 선배들의 각종 노하우들을 살펴보다가 유독 내 눈에 택배를 주문할 때 수신자 명에 일부러 험악한 느낌의 남자 이름을 쓴다는 내용이 눈에 띄었다.

배달 음식이야 안 시켜 먹으면 그만이지만 도저히 온라인 쇼핑을 끊을 수 없었던 나는 선배들의 노하우를 벤치마킹하기로 했다. 배우 마동석 님을 떠올리며 듣기만 해도 오금이 저릴 험악한 이름들을 몇 개 생각해 봤는데 뇌리에 문득 섬광처럼 '정금산'이라는 이름이 떠올랐다. 그 후 한동안 수신자 명을 '정금산'이라고 적고 물건을 주문했다.

그러다 어느 날, 회사에서 중요한 미팅 중이었는데 낯선 번호로 연달아 전화가 왔다. 진동이 울릴 때마다 '통화 거부' 버튼을 눌러도 상대는 그만둘 생각이 당최 없어 보였다. 결국 눈치가 보여 조용히 회의실을 빠져나와 전화를 받으니, 발신자는 경비 아저씨였다. 세입자가 부재중일 때 보통 공동 현관은 경비 아저씨가 열어 주시는데, 배달하시는 분이 '○○○호, 정금산 씨' 앞으로 온 물건이라고 하니까 내 이름과 사는 호수를 분명히 알고 있던 경비 아저씨께서 '그 집에 그런 사람 안 산다고' 배달원과 실랑이를 하시다가 확인차 전화하신 것이었다. 다음 집으로 빨리 넘어가야 하는 배달원님도 마음이 급해 연달아 내게 전화를 하셔서 졸지에 내 휴대폰이 그렇게 불통이 났던 것이다. 경비 아저씨께 그거 제 물건이 맞다고, 지금 업무 중이라 길게 말씀드릴 수 없으니 제가 이따가 퇴근하고 설명 드리겠다고 하고선 급히 전화를 끊었다.

퇴근 후 귀가하여 경비 아저씨께 여차저차 사정을 말씀드리니 "젊은 아가씨가 고생이 많네~ 앞으로 그 이름으로 오는 택배도 잘 받아줄게."라고 호탕히 말씀하셨다. 나 때문에 괜히 소란이 일어난 것 같아 죄송한 마음에 피로회복 음료를 얼른 한 상자 사다 드렸다. 그 후로는 또 소란이 일어날까, 더 이상 정금산이라는 가명을 쓰지 않고 그냥 내 실명으로 물건을 주문했다.

시간이 흘러 요즘에는 송장에도 개인 정보가 많이 드러나지 않으니 한결 마음이 편해졌지만, 아직도 가끔 배달 음식을 시킬 때마다, 문득 그때 그 문밖의 어두운 형체가 떠올라 모골이 송연해진다.

얇은 현관문을 사이에 두고 나를 쏘아보던 검은 형체.

그 서늘하고 소름 끼치는 기운을 절대 잊을 수 없을 것 같다.

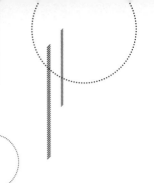

새벽 4시의 불청객

문득 새벽에 목이 말라 잠에서 깼다. 평소라면 번거로우니 참고 다시 잠을 청했을 텐데 그날따라 왠지 꼭 물이 마시고 싶었다. 몽롱한 기분으로 방문을 열고 부엌 쪽으로 나와 싱크대 위에 올려둔 생수병을 손에 쥐었다.

생수병을 통째로 들고 물을 마시는 동안 나머지 한 손으로 부엌 전등 스위치를 눌렀다. '탁' 소리와 함께 불이 켜졌고 고개를 한껏 제치고 벌컥벌컥 물을 마신 탓에 자연스럽게 시선은 천장으로 향했다.

그때, 하얀 천장에 제법 큰 까만 점 같은 것이 시야에 들어왔다. 본능적으로 뭔가 이상하다고 느껴 물병을 내려놓고 다시 유심히 살펴보다가 이내 반사적으로 날카로운 비명을 질렀다.

"꺄악!"

집게손가락 한 마디만 한 엄청난 크기의 미국 바퀴벌레가 천
장에 붙어 있었다. 내 비명 소리에 놀랐는지 그제야 천천히 천장
에서 움직이는 존재를 보자 온몸에 소름이 오소소 돋았다.

마시던 생수병을 싱크대에 내던지듯 던져 버리고 일단 방으로
들어와 바퀴벌레가 안쪽으로 들어오지 못하게 방문을 꽁꽁 걸어
닫았다. 시계를 보니 새벽 4시가 조금 넘어 있었다. 어릴 때부터
벌레라면 질색을 하는 겁쟁이인 나는, 패닉 상태로 방문 너머 버
젓이 존재하는 그 녀석을 대체 어떻게 처리해야 할지 순간 머릿속
이 하얘졌다.

설상가상으로 집에 바퀴벌레 퇴치용 스프레이 하나 없었다.
이런 상황을 대비해 미리미리 하나 사둘 것을 후회해도 이미 때는
늦었다. 그렇다고 손가락 한 마디만 한 바퀴벌레를 때려잡을 담력
도 없었던 나는, 머리를 싸매고 고민하다 결국 그 새벽에 부모님
께 SOS를 쳤다. 다짜고짜 새벽에 엄마에게 전화를 걸어 지금 집
에 바퀴벌레가 나왔는데 혹시 당장 우리 집에 와줄 수 있냐고 물
었지만 평소 시크하기로 정평이 나 있는 우리 김 여사는 밤중에

장난치지 말라고 단칼에 전화를 뚝 끊어 버리셨다.

울고 싶은 마음으로 다시 전화를 걸어 '진짜 장난이 아니고 엄청 큰 대왕 바퀴벌레가 나타났다'고 하소연했지만 '지금 시간이 몇 시인데 거길 가냐며, 이렇게 전화할 시간에 바퀴벌레가 도망쳐 숨기 전에 빨리 뭐라도 내려쳐서 때려잡으라고' 또 매정히 전화를 뚝 끊으셨다.

난데없이 출현한 바퀴벌레를 잡아 죽이는 것도 무서웠지만 인터넷에 떠도는 괴담처럼 어디 숨어서 혹시 동료들을 불러 모으거나, 번식이라도 하는 것이 아닌지 끔찍한 생각이 꼬리에 꼬리를 물었다. 용기를 내 다시 방문을 조금 열어봤다.

다행인지 불행인지 녀석은 아직 어딘가로 숨지 않고 천장에서 화장실 벽 쪽으로 아주 조금 이동한 상태다. 순간 주저앉아 엉엉 울고 싶었다. 바퀴벌레에게 제발 내 집에서 조용히 나가 달라고 애원하고 빌고 싶었다. 이미 잠은 싹 달아난 지 오래다. 그렇게 새벽 동틀 무렵에 지구상에 그 바퀴벌레와 나만 존재하는 것 같은 영겁의 시간을 보내며 방문을 사이에 두고 팽팽히 대치했다.

결국 동이 틀 때까지 바퀴벌레의 움직임을 문틈 사이로 지켜보다가, 날이 완전히 밝자 같은 건물에 사는 주인 아주머니께 바로 구조 신호를 보냈다.

　아주머니의 살충 스프레이 세례에 허망하게 유명을 달리한 그 녀석이 바닥으로 힘없이 툭 떨어졌다. 그 장면에도 나는 귀청이 떨어질 것처럼 비명을 질러 아주머니께서 깜짝 놀라 뒤로 주저앉으실 뻔했다. 다소 허무한 그의 죽음으로 새벽부터 나를 공포의 도가니로 몰아넣었던 사건은 일단락되긴 했지만 한동안 또 다른 녀석이 나타나지 않을까 걱정되어 도무지 잠을 청할 수 없었다.

　혹시 내가 잠들어 있거나 외출했을 때 다른 녀석이 출몰하는 건 아닌지 걱정되어, 당장이라도 짐을 싸 부모님 댁으로 피난 가고 싶은 마음이 굴뚝 같았다.

　갑자기 독립이고 뭐고 다 때려치우고픈 생각이 들었다. 자취 1년 만에 새벽 4시에 나타난 불청객, 고작 바 선생님 때문에 오매불망 꿈꾸던 싱글 라이프가 존폐 위기에 처했다. 출근해서도 하루 종일 바퀴벌레 퇴치 업체를 부를 생각만 하다가 막상 견적을 알아보니 생각보다 너무 비싸서 포기했다.

　애초에 이런 코딱지만 한 원룸에 전문 업체 소환이 가당하기나 한가.

왜 1인 가구용 바퀴벌레 퇴치 사업이 없단 말인가!

무릎을 탁 치는 신박한 아이디어 같았지만 정작 내가 사업화 시키고 싶진 않았다. 결국 귀갓길에 바퀴벌레 살충 스프레이 2통과 연고처럼 짜서 여기저기 숨겨두는 벌레 퇴치제를 구입해, 현관 구석과 가구 사이 벌어진 틈마다 잔뜩 넣어 두고도 한동안 이불을 머리끝까지 꽁꽁 싸매고 잤다. 다행인지 불행인지 그 이후 그 집 계약이 만료될 때까지 다시는 바 선생을 영접하는 사태는 없었고, 새로 이사 온 집에서도 아직까지 그를 마주한 적은 없다.

독립하면 온갖 집안일을 순도 100%로 혼자 처리해야 한다. 그중에는 바 선생 같은 불청객들을 처리하는 다소 끔찍한 일들도 당연히 포함된다. 그러니 자취 초보생이라면 응급 비상약만큼이나 각종 벌레 퇴치제들도 꼭 미리 구비해 두길 바란다.

철 지난 납량 특집 같지만 바 선생들을 포함, 각종 벌레들이 언제 어디서 소리소문 없이 침입할지 모른다는 사실을 꼭 기억했으면 한다.

혼자 있으면 가끔 벌레도 사람만큼 무섭다.

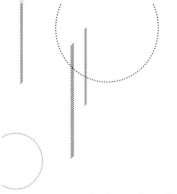

타인은 지옥이다

최근 사람을 고용해 집 안의 가구들을 재배치했다. 단순히 기분전환을 위해 벌인 일은 아니었다. 요즘 아랫집 소음과 옆집의 생활 소음 때문에 신경이 한껏 곤두선 나는 일명 '이사병'에 걸렸다. 친구들을 만날 때마다 "나 이사 가고 싶다"고 노래를 부르고 다녔다.

실제로 주말마다 부동산 중개 앱을 열심히 보며 주변 매물들을 부지런히 살피고 틈틈이 정찰까지 다녔지만 현재 살고 있는 집과 비슷한 예산에 더 나은 조건의 매물이 없어 반쯤 포기했다.

전세 만기도 꽤 남았는데 갑자기 무슨 연유인가 하면 사실 나는 요즘 '타인은 지옥'인 상태이기 때문이다. 현재 살고 있는 복도형 오피스텔은 똑같이 생긴 구조의 집들이 차곡차곡 쌓여 규모가 꽤 있는 미니 아파트 같은 형태다. 물론 지금의 거주지가 처음부터 '타인은 지옥'인 상태는 아니었다. 오히려 그 반대였다.

처음 이 집으로 이사했을 때, 정말이지 세상을 다 얻은 것 같았다. 내가 가진 예산 범위를 초과해 재정적으로 제법 무리가 됐지만 은행의 도움과 영혼까지 탈탈 턴 자금 융통으로 간신히 전세금을 해결했다.

그 과정에서 혹시나 뭐 하나 잘못될까, 만약 '대출 심사가 통과 안 되면 어쩌지?' 같은 걱정을 하며 이 집을 잃을까 봐 전전긍긍했다. 우여곡절 끝에 계약서에 도장을 찍고도 뜬눈으로 밤을 지새우다가 마침내 모든 난관을 극복하고 이 집에 입성했을 때 느꼈던 성취감과 안도감이 아직 생생하다.

반전세 원룸을 탈출하고 투룸 전세로의 이사는 꿈만 같았다. 기분이 날아갈 듯 좋아 아직 휑한 빈 집 마룻바닥에 누워 스노우 천사처럼 두 팔과 다리를 휘적거리며 미친 듯이 웃었다. 냉장고, 세탁기, 에어컨 말고 가구 옵션이 전혀 없는 집이라 동생이 꼭 '도박하다 도망 다니는 노름꾼' 같다고 놀렸던 침낭 같은 이부자리 하나 깔고 생활해도 마냥 좋았다. 변변한 앉은뱅이 밥상도 없어 한동안 바닥에 신문지를 깔고 끼니를 해결해도 그저 행복하기만 했다. 그만큼 이 집이 매우 마음에 들었다.

이곳은 실 평수 5평 남짓한 반전세 원룸 생활을 4년 만에 청산하고 이사한 나의 두 번째 자취 집이다. 그전에 살던 원룸은 지하철역과 도보 5분 거리에 있는, 소위 '초초초 역세권'에 가구들도 풀 옵션으로 갖춰져 있었지만 채광이 영 엉망이었다.

당시 독립 새내기였던 나는 집을 선택하는 요령이 전혀 없었다. 그 집을 택했던 이유도 하루 종일 그저 그런 집들과 낚시성 매물들에 지쳐가던 중, 해가 완전히 져 어둑어둑해질 무렵 중개인이 마지막으로 '정식 매물로 나오진 않았지만 본인이 집주인과 친해서 특별히 보여준다'고 선심 쓰듯 보여준 매물이라 '그저 이만하면 됐다.' 싶어 계약했다.

내 수중의 예산에도 적합했고 건물 상태도 깨끗했다. 방 내부를 최근에 리모델링해 도배장판도 새것이고 가구를 포함한 실내도 깨끗했다. 창문이 딱 하나 있었는데 소위 앞집 벽만 바라보는 '벽wall 뷰'였다. 바깥 풍경의 정취라고는 전혀 없었는데 어렸던 나는 오히려 창문을 통해 이웃과 시선이 마주칠 민망한 일이 생길

일이 없으며, 혹시나 누군가 실내를 훔쳐보는 일 따위는 아예 불가능하겠다 싶어 철딱서니 없이 좋아라 했었다.

그러나 자연광이 들어오는 집과 들어오지 않는 집에서 거주하는 삶의 질 차이는 실로 엄청났다. 자연 채광이 한 점도 없어 불을 켜지 않으면 칠흑 같았던 원룸에서 나는 주말마다 우울함과 무력함에 허우적댔고, 도저히 답답하여 안 되겠다 싶어 결국 그 집을 나왔다.

반면 지금 집은 제법 고층에 위치해 창밖으로 탁 트인 전망을 자랑한다. 외벽 하나가 거의 통 창 수준이라 빛도 잘 들고 주변에 시야를 가리는 건물도 없어 밖을 바라보고 있으면 움츠러진 속이 탁 트이는 것 같다. 그것이 무리해서 이 집을 얻은 결정적인 이유다.

지은 지 3년도 안 된 신축이라 시설은 당연히 깨끗했고, 살아 보니 관리 실장님과 경비 아저씨가 아주 꼼꼼히 관리해서 이곳에서의 거주가 더없이 만족스러웠다.

그러나 평화는 오래가지 않았다. 이곳이야말로 서울에서 내가 그토록 찾아 헤매던 '마이 스윗 홈'이라고 생각하며 기뻐하길 고작 2년. 그동안 쾌적하고 조용한 환경에서 만족하며 살아왔는데 근래 진원지가 모호한 층간 소음에 골머리를 썩이었다.

소음의 진원지를 찾아 관리실에 문의하니 최근 나를 둘러싼 윗집, 옆집, 아랫집 모두 세입자가 바뀌어 잘 모르겠다고 하셨다. 나는 전세 계약 기한 2년이 만료되고 재계약을 했지만 신혼부부와 1인 가구가 많이 사는 이곳은 그새 빠르게 입주자들이 바뀌는 것 같았다. 그 변화가 바로 '마이 스윗 홈'이 '타인은 지옥인 헬'로 바뀐 이유였다.

취업해 처음 독립한다는 아랫집 청년은 주말마다 친구들을 불러 파티를 했고 그들의 고성방가에 밤늦도록 잠을 설치거나 새벽녘에 깨는 경우도 잦았다. 관리실을 통해 컴플레인 해보아도 그때뿐이었다.

심지어 적반하장으로 연세가 지긋한 경비 아저씨께 "사회생활 하려면 처신 잘 하시라"고 적반하장급 훈계를 늘어놓았다는 이야기를 전해 듣고 '이건 말로 타일러서는 안 되는 슈퍼 빌런급'임을 감지해 대화로 원만히 해결하길 포기했다.

새로운 윗집과 옆집 세입자들은 특별히 민폐성 소음을 유발하지 않았지만 과거에 느끼지 못했던 생활 소음들을 고스란히 전달

했다. 이전 세입자들이 있을 때 거슬리지 않았던 '발 망치' 소리가 유난히 크게 들렸고, 무엇보다 나와 한쪽 벽면을 공유하는 옆집의 생활 소음은 참기 힘들 정도였다.

집 안에서 쉬는 것이 도저히 쉬는 것이 아닌 것 같아 탈출을 계획했건만, 몇 년 만에 알아본 주변 전셋값은 나를 몹시도 당혹스럽게 했다. 지금 내가 살고 있는 집과 비슷한 수준의 집들은 현재 내 수중의 예산 범위를 훌쩍 뛰어넘었다. 아무래도 안 되겠다 싶어 몇 날 며칠을 고민하다 마침내 내린 결론은 바로 '가구 재배치'였다.

옆집 생활 소음이 유난히 거슬리는 이유가 하필이면 옆집과 맞닿아 있는 벽에 내 침대가 붙어 있어 소음이 더 생생하게 전달되는 것 같았다. 다행히 내가 건물 복도 끝에 위치한 집이라 옆집과 반대 벽은 다른 어떤 집과도 닿아 있지 않았다. 침대 위치를 반대 벽 쪽으로 옮기고 옆집과 맞닿은 벽에는 옷장과 서랍장으로 일종의 소음 방어벽을 구축하면 조금 나아질 것 같았다.

문제는 방법이었다.

'이 큰 가구들을 어떻게 혼자 이동시키지?'

커다란 침대와 엄청난 크기의 옷장, 서랍장, 책장까지 혼자서는 도저히 옮길 엄두가 나질 않았다. 지인들에게도 민폐를 끼치고 싶지 않아서 포털을 검색해 제법 후기가 좋고, 전문적으로 가구만 재배치하는 업체에 견적을 의뢰했다.

예상보다 비용이 커서 고민하다가 나의 원대한 계획을 부모님께 말씀드리자 '뭘 그렇게까지 하냐고, 그냥 좀 참고 살라고' 반대하셨다. 그러나 나는 일분일초라도 빨리 지금 이 소음 지옥 상태에서 벗어나고 싶었다. 옆집에서 재채기하고 코 풀고 화장실 변기 커버 여닫는 소리까지 다 들린다고 말씀드리자, 혼자 사는 여성의 집에 낯선 사람을 함부로 들이는 건 위험하다며 잘 알아보라 하시고는 더 이상 반대하지 않으셨다.

결국 알아보았던 가구 재배치 전문 업체를 불렀고 워낙 작은 집이라 순식간에 가구 재배치가 끝났다. 예상대로 옆집과 공유하는 벽에 옷장과 책장으로 차단벽을 구축하니 집 안에서 체감하는 소음 수준이 한결 나아졌다.

물론 모든 소음들은 이 건물 자체의 구조적인 문제이기 때문에 완전히 해결할 수 없었지만 가구 재배치는 '정말 잘했다' 싶은 한 수였다. 아직 눈과 손에 익지 않은 가구 재배치 덕에 귀가하면 마치 다른 집에 온 것 같은 색다른 느낌도 든다.

하지만 이 역시 임시방편일 뿐.

과연 서울 아래 '마이 스윗 홈'은 어디란 말인가.

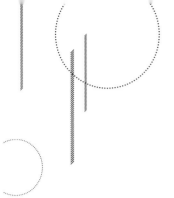

Emergency Person

무료함에 주말에 아무렇게나 채널을 돌리다 우연히 보게 된 미드 속 한 장면이 꽤 인상적이었다. 남자 주인공이 갑자기 응급수술을 하면서 정신이 없는 와중에 병원 관계자가 서류상 등재된 보호자에게 연락을 했는데 장본인은 다름 아닌 헤어진 전ex 여자 친구였다.

마취에서 깨어나 이 사실을 안 남자 주인공은 침상에 누워 자신을 내려다보는 전 여친을 마주하고 머쓱한 목소리로 "미안, 내가 Emergency Person 바꾼다는 것을 깜빡했네."라고 말했다. 여자 주인공 역시 "그래, 나도 아직 너로 등록되어 있어"라고 말하는 어찌 보면 극 전체에서 별로 특별할 것이 없는, 매우 평범한 씬이었다.

미국의 의료 시스템이 우리나라 시스템과 어떻게 다른지 직접 경험해보지 않아 차이점을 정확히 모르겠다. 다만 내가 드라마에서 본 내용을 토대로 유추해 보자면 Emergency Person이란 당사자가 위급한 상황에 놓였을 때 연락할 일종의 제1보호자 같은 개념인 것 같았다. 그래서 Emergency Person의 신상정보를 사전에 진료 카드나 어딘가에 기록해 두고 급할 때 바로 연락을 취하는 시스템인 것 같았다. 미드 속 주인공들은 고향을 떠나 번잡한 대도시에 혼자 살며 서로를 만나 사랑에 빠지고 둘도 없는 연인으로 발전했지만 결국 헤어졌다. 비록 그들은 이별했지만 서로의 응급 지지대 역할까지 완전히 끊어내지 못했다. 그 결과 전 남자친구 앞에 소환당해 다시 서게 된 여주인공을 보며 과연 내 Emergency Person은 누구일까? 하는 데까지 생각이 미쳤다.

휴대폰 단축번호 1번, 2번을 나란히 차지하고 있는 엄마와 아빠일까? 물론 나는 현재 미혼이니 행정적으로 직계가족인 부모님이 최우선 보호자가 맞다. 하지만 자동차로 3~4시간 떨어진 저 멀리 지방에 살고 계신 부모님이 서울에 있는 내가 응급 상황에 처했을 때, 과연 얼마나 도움이 될까? 최대한 빨리 오신다고 해도 아마 상황이 모두 정리된 후가 아닐까 싶다.

그렇다면 부모님보다 오히려 더 빨리 신속히 달려와 줄 수 있는, 지근거리에 살고 있는 친구들이 내 Emergency Person에 적합하지 않을까? 물론 가까운 거리에 연인이 살고 있다면 이야기가 달라지겠지만 비연애 중인 상태에서 나처럼 가족들이 멀리 거주하고 있다면, 영락없이 응급 상황에서 본인 혼자다. 만약 보호자가 없는 유아나 독거 노인이라면 국가가 발 벗고 나서 도움을 주긴 하겠지만 현재 신체 건강한 성인인 나는 논외다.

그래서 근처에 혼자 사는 지인들과 '긴급 상황 대비 연합'을 구성했다. 서로에게 일종의 Emergency Person이 되는 것이다. 혹시 문제가 생기면 바로 달려와 가족들이 도착하기 전까지 임시 보호자 역할을 해주기로 했다. 누군가 아프면 퇴근길에 죽이나 과일이라도 하나 사다 주기로 하고 물리적으로 힘을 써야 하는 일이 생기면 머리를 모아 해결하자는 일종의 생활 공동체다.

공동체 구성원 중에 차량 소유주가 있다면 더 든든하다. 그렇게라도 1인 가구들 끼리 각자 최소한의 안전장치를 만들어 놓지 않으면, 아무리 혼자 사는 데 도가 튼 '프로 자취러'라도 혼자 힘으로 도저히 어쩌지 못하는 상황들에 속수무책으로 노출된다. 하여 주변에 자취 꿈나무들에게 만약 거주지를 정하는 것이 온전히 본인 선택에 좌지우지된다면 여타 다른 조건들도 중요하겠지만, 마음 놓고 의지할 수 있는 지인이 본인 근처에 살고 있는지 꼭 고려 항목으로 넣었으면 한다.

Emergency Person들에게 받는 물리적 도움만큼 정신적 도움도 점점 중요해지고 있다. 재택근무가 일상화된 근래에 1인 가구인 나는 의식하지 않으면 온종일 한마디도 하지 않는 경우가 허다하다. 근처에 혼자 사는 지인들과 정서적 안정감과 유대감을 나누며 1인 가구로서 세상과 단절된 불안감을 누그러트린다. 가족들과 복닥거리며 살 때는 하루라도 빨리 독립해 제발 조용히 혼자 있고 싶은 마음이 간절했다. 그러나 정작 독립해보니 나 혼자 이 사회와 시스템에서 완전히 동떨어진 존재가 되는 것이 아닐까? 하는 생각이 들어 순간순간 두려워진다.

참 이중적인 생각이라는 것을 나도 안다. 그래서 '긴급 상황 대비 연합'이 내게 참 중요하다. 친족 관계가 아니니 서류상 서로를 증명할 수도 없고, 개인의 임시 연합이므로 제도권도 아니다. 평소에는 각자 알아서 잘 살다가 위급 상황에 놓이면 작동하는, 어딘지 조금 허술하고 느슨한 개인적 연대 방식이지만 지금과 같은 삶을 유지하기 위해 없어서는 안 될 중요한 안전 장치요, 울타리다.

또 한 가지 명심해야 하는 점은 변치 않는 상황도, 사람도 없다는 사실이다. 지금은 제일 친한 친구와 서로 Emergency Person 사이지만 미래에 우리의 Emergency Person은 서로 다른 사람으로 교체될지 모른다. 바뀐 사람들은 피를 나눈 가족이 될 수도 있고 앞으로 새로운 인연이 될, 미지의 제3자일 수도 있다. 그래서 그런지 문득 누가 내 Emergency Person일까? 고민하며 집착하는 것만큼이나 언제든지 내가 누군가의 Emergency Person이 되어도 손색없는 사람이 되어야 한다는 것도, 인생에서 놓치지 않아야 하는 부분이라고 생각한다.

부디 앞으로 지인들에게 물리적으로 도움을 주고 정신적으로 도 의지할 수 있는 단단한 사람이 되어야 할 텐데, 걱정이다.

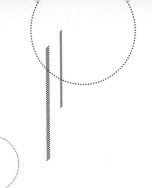

집 밖은 위험해

나는 외향성 51%, 내향성 49%로 엄밀히 분류하면 외향형 인간으로 분류되지만 스스로 곧 죽어도 내향형 인간이라고 생각한다. 사람들 사이에 있으면 에너지가 충전되기보다 오히려 극심한 피로감을 느껴 기가 빨리는 것 같다. 하지만 원체 호기심이 많고 조직 생활로 단련된 자본주의 사교성으로 낯선 사람들과도 비교적 쉽게 어울리는 편이다. 그럼에도 불구하고 불특정 다수와 함께하는 혼잡한 모임을 싫어하고, 친밀한 사람끼리 조용히 소소하게 만나는 편을 더 선호한다. 취미도 대부분 집에서 혼자 하는 활동들이다. 빙빙 돌려 말했지만 결국 나는 주기적으로 집에 틀어박혀 에너지를 충전해야 하는 '집순이'다.

최근 이불 밖이 아닌 집 밖이 위험하다는 생각이 든다. 잊을 만하면 대도시 한복판에서도 불특정 다수를 노린 묻지마 범죄 소식이 뉴스에 보도된다. 유아나 어린이를 대상으로 한 범죄 수위도 점점 높아져, 만약 내가 아이 엄마라면 내 아이를 혼자 집 밖으로 내보내는 일이 사뭇 두려울 것 같다.

미세 먼지 시즌도 아닌데 최근 코로나 때문에 사람들은 또다시 집 안으로 꽁꽁 숨었다. 단단히 빗장을 걸어 잠갔으며 외출도 극도로 자제한다. 원래 집이란 것 자체가 외부 위험 요소로부터 스스로를 보호하기 위한 목적이 크지만 최근에는 기본적인 안전 기능 넘어 단절, 봉쇄, 셀프 감금 수준까지 다다른 것 같다.

그래서 나 역시 그렇게 집에 집착하게 되었을까? 다 같이 모여서 하던 운동은 홈트로, 사교 활동을 위해 방문하던 카페나 레스토랑은 홈 카페와 홈 다이닝으로 트렌드가 바뀌었다. 심지어 재택근무로 일도 집에서 하니, 어느새 주거지에 기대하는 역할이 단순히 숙식의 차원을 넘어 운동, 카페, 식당, 오피스까지 무한 증식 중이다. 더 커진 각종 니즈들에 부흥하기 위해 집에서 더 많은 물건들과 더 넓은 공간을 갈망하게 됐다. 집이란 것이 그저 더위나 추위, 비바람이나 피하고 낯선 이에게 공격당할 위험만 없으면 되는 것에서 어느새 이렇게 다양한 역할을 부여받고 지위가 격상했을까?

아마 집 밖이 위험해졌으니까?

갑자기 혼자 사는 1인 가구에 적당한 공간의 크기는 얼마일까 궁금해졌다. 단순히 숙식이 목적이라면 소형 원룸도 크게 문제가 될 것 같지 않다. 그러나 날로 위험해지는 외부 환경 때문에 어쩔 수 없이 집 안에서 수행해야 하는 일들이 넘쳐나는 요즘, 아무리 혼자 산다고 해도 소형 원룸은 충분치 않을 것 같다.

지인 중에 혼자 살아도 투 룸이나 쓰리 룸으로 구성된 20~30평 대의 집을 구하는 사람들이 늘었다. 나 역시 혼자 살아도 각각 분리된 기능을 수행하는 개별 공간들로 구성된 집에서 살고 싶다. 하지만 그런 바람은 부부가 힘을 합쳐도 소형 아파트조차 매입하기 어려운 요즘 시대에 감히 1인 가구 주제에 가당치도 않은 꿈을 꾸는 것 같다.

그러니 오히려 하루빨리 집 밖이 안전해지길 갈망한다. 작은 집에서 홈트랍시고 이리저리 몸을 움직여 봐도 떡 하니 방 한가운데를 차지하고 있는 침대 모서리에 발가락을 찧어 혼자 데굴데굴

방바닥을 구르는 일은, 정말이지 이제 두 번 다시 반복하고 싶지 않다. 공공 체육시설이나 피트니스 클럽 같은 원래 신체 단련 만을 위한 전용 공간에서 두 팔 벌려 시원시원하게 운동하고 싶다.

숙면과 휴식을 위한 공간에 생계를 위한 노동의 영역을 들여놓고 싶지 않다. 재택근무는 출퇴근 지옥에서 나를 해방시켜줬지만 그렇다고 일로부터 완전히 해방시키지는 못했다. 가장 사적인 보금자리에 기어이 공적인 일들을 끌고 들어오게 해 결국 또 다른 피로가 쌓이는 느낌이다. 작은 집에서 기능별로 공간이 완전히 분리되지 않으니 일과 휴식 모두 조금씩 어긋나는 것 같다. 하물며 나도 이런 마음인데 소형 원룸에서 생활하는 학생들은 어떻겠는가? 그들이 코로나 감염 위험에도 기어이 카페로 나와 공부하는 심정이 제법 이해가 된다.

혼자 살든 여럿이 살든 서재, 드레스 룸, 운동 룸, 침실, 부엌, 거실 같은 각각 기능별로 분리된 공간으로 구성된 대저택이 아니라면, 나는 내 작은 집이 그저 아늑한 숙면을 위한 조용한 쉼터였으면 좋겠다. 하루빨리 원래 집 밖에서 수행하던 일들을 온통 집 안으로 끌어들여 실행해야 하는 굴레에서 어서 벗어났으면 한다. 1인 가구 혼자 감당하기에는 그 무게가 너무 무겁다.

남들은 홈 트레이닝, 홈 다이닝, 홈 카페, 홈 오피스를 외치는 시대지만 나는 도리어 그 모든 단어에서 하루빨리 'Home'이 빠졌으면 좋겠다.

2장

지금 이대로,

랜찮은 걸까?

"내 인생에서 정작 더 중요하고 값진 것들을,
고작 집 한 칸 때문에 놓치고 있을지도 모른다는
찜찜한 기분이 든다."

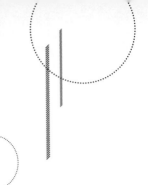

큰딸이 혼자야?

30대 중반의 미혼, 게다가 1인 가구라면 "혹시 비혼주의세요?"라는 질문을 심심치 않게 받는다. 내 대답은 늘 한결같다. "아니요"

아직 인생의 반려자를 만나지 못해서 그렇지 비혼주의는 아니다. 한동안 지인들의 결혼 러쉬를 지켜보며 마음이 제법 조급해지기도 했으나 혼자 오매불망 애걸복걸해봐야 달라지는 것도 없어 그냥 운명론자로 남기로 했다. 그렇게 한껏 여유 부리는 나와 달리 정작 우리 부모님은 "아직 큰딸 혼자야?"라는 질문에 점점 대답이 궁색해지시나 보다. 본인들 눈에는 세상 어딜 내놓아도 부족하지 않은 딸이 30대 중반까지 미혼인 현재, 마치 대역 죄인을 집안에 숨겨준 사람들처럼 영 편치 않아 보인다.

사람마다 인생의 속도가 다르니 결혼에 관해서도 '아직 내 차례가 오지 않았구나, 언젠가 오겠지'라는 태도로 일관하는 나와 달리 부모님은 점점 마음이 바짝바짝 타시는 것 같다. 이러다 과년한 딸이 앞으로 계속 혼자 살겠다고 할까 봐 내심 초조한 기색이시다. 20대 때 나의 연애사에 전혀 관심도 없던 분들이셨는데, 이제 본가에 내려갈 때마다 "요즘 만나는 사람 없어?"라고 넌지시 궁금해하신다. 그럴 때 "없어."라고 대답하면 세상이 무너진 것처럼 실망스러운 표정을 지으신다. 그렇다고 한 소리 더 거들기에는 딸이 잔소리 스트레스 때문에 본가에 얼씬도 안 할까 봐 애써 태연한 척, 쿨한 척하신다. 겉으로는 애써 괜찮은 척하시는데 어찌나 그렇게 시무룩한 티가 팍팍 나시는지 하늘 같은 어버이가 감히 귀엽게 느껴질 정도다.

　　최근에 엄마가 '요즘 만나는 사람 없냐'며 또 물으시길래,
　　"없는데!"라고 우렁차게 대답하니 우리 김 여사님, "거짓말하지 마! 빨리 솔직히 말해줘."라고 말씀하셔서 그 자리에서 포복절도했다. 도저히 이 상황을 믿고 싶지 않다는 엄마의 간절한 현실 부정이 자식으로서 참 송구할 따름인데, 동시에 어찌나 웃기던지.

한술 더 떠 치매를 앓고 계신 할머니는 기억들이 뒤죽박죽, 오락가락하시는 와중에도 큰 손녀가 아직 미혼이라는 사실만은 매번 또렷이 기억하신다. 찾아뵐 때마다 좋은 사람 있으면 이것저것 재지 말고 꽉 붙잡으라며 뼈만 남은 앙상한 손으로 내 두 손을 꼭 부여잡고 신신당부하신다. 그럴 때마다 짓궂게

"할머니, 다른 건 다 까먹으면서, 나 결혼 안 한 건 왜 맨날 안 까먹어. 그냥 결혼했다고 생각해~"라고 농을 치면 "못써! 그럼 못써!"라고 대꾸하신다. 그럴 때도 그저 웃어넘기지만 돌아서면 영 마음 한편이 편치 않다.

스스로를 '지극히 평범한 보통 사람'이라고 여겨 왔는데 그럴 때마다 '나는 이제 평범한 보통 사람의 범주에 들지 못하는 것인가?'라는 의구심이 든다. 지금의 나는 보통 사람의 결혼, 출산, 육아라는 인생의 정상 궤도에서 벗어난 것일까?

애초에 정상 궤도라는 것 자체를 과연 누가 정의하는 걸까?

부모님과 할머니까지 나를 두고 노심초사하는 이유를 나도 잘 안다. 내가 인류를 위해 뭐 대단한 업적을 이루는 것을 바라는 것

도 아니고 그저 남들처럼 평범하게 살길 바라는 마음에서 나온 염려와 걱정이라는 사실을 모를 리 없다. 그럼에도 불구하고 지금과 같은 1인 가구의 삶이 크게 불편하다고 느끼지 않는데, 그렇다면 나는 정말 Normal한 상태가 아닌 걸까?

　이런 나를 제치고 몇 년 전, 동생이 먼저 기혼자 대열에 합류했다. 옛날처럼 무조건 장남, 장녀를 먼저 결혼시켜야 한다고 전국에 수많은 차남과 차녀들을 애태우던 시절도 아니고, 동생이 나를 앞지른 것에 대해 당사자인 나는 전혀 거리낄 것이 없었다. 오히려 동생이 '드디어! 마침내. 나보다 무언가를 먼저 하는구나!' 싶어 속으로 쾌재를 불렀다.

　첫째로 태어나 매번 각종 인생 경험을 첫 번째로 해야 했고, 실전 노하우 없이 몸으로 직접 부딪치며 배운 주옥같은 삶의 지혜를 동생들이 날로 채가는 것 같아 가끔 속이 쓰렸는데, 결혼만큼은 동생이 1번, 내가 2번이니 그놈의 '고유 1번' 자리에서 마침내 해방된 것이다. 그런 속내도 모르고 정작 부모님과 친척 어른들은 내가 '고유 1번' 자리를 동생에게 찬탈당한 것처럼 나를 묘하게 안쓰러워하시는 것 같았다.

동생의 결혼 준비 내내 은근히 짠내 취급을 받았던 나는 미래에 만약 내가 의류 산업에 진출한다면 꼭 선보이고 싶은 대박 사업 아이템까지 찾았다.

일명 '동생이 먼저 시집가지만, 미혼인 언니는 정말 괜찮아요 룩Look' 제작 판매 사업모델이다. 적당히 화사하고 단정한 원피스들을 컬렉션으로 쫙 선보이고 싶다. 동생을 앞세우는 맏이들은 아무렇지 않지만 정작 어딘가 당사자보다 더 불편해 보이시는 부모님들 마음까지 한꺼번에 보듬어 드릴 수 있는 옷들로 선보이고 싶다.

의외로 주변에서 동생이 먼저 결혼하는 경우 '미혼 형제로서 결혼식 복장'을 어떻게 해야 할지 걱정하는 경우가 심심치 않다. 맏이가 기혼이라면 한복이라는 편리한 옵션이 있지만 미혼은 다르다. 너무 칙칙해 보여도 안 되고 너무 화려하게 튀어서도 안 된다. 그 애매한 '적정선'을 찾아 헤매며 애를 태운다. 그런 걱정을 한 번에 날려버릴 수 있도록 평소 내가 좋아하는 꽃같이 화사하고 단정한 예쁜 원피스들을 한가득 선보이고 싶다.

친족의 일생일대의 이벤트에 당당하게 자리하며 결혼식 당일 날, 쓸데없는 타인의 오지랖과 동정 어린 시선까지 차단하는 일석이조 아웃핏들이다. 내심 대박 창업 아이템이라고 생각 중이다.

아무튼 주변을 살펴보면 차남, 차녀가 미혼인 것보다 장남, 장녀가 미혼인 것에 더 노파심을 내는 부모님들이 많다. 부모님 입장에서 보면 인생에서 부모 자식 간 벌어지는 모든 일을 항상 첫째와 함께했을 테니, 관성처럼 자녀의 결혼과 출산, 육아 같은 일도 당연히 맏이와 먼저 해야 한다고 생각하시는 걸까? 그래서 당사자들은 정작 아무렇지 않지만 동생들이 맏이보다 먼저 치고 나가는 상황에 당신들이 더 좌불안석이신 걸까?

차남, 차녀를 먼저 시집 장가보내고 미혼의 장남, 장녀가 더 마음 쓰이시는 부모님들께 첫째를 대표해 말씀드리고 싶다.

그들은 지금 인생에서 처음으로 그 부담스러운 '고유 1번' 자리에서 해방되어 사실 속으로 쾌재를 부르며 신나게 잘 살고 있는 중이라고. 그러니 혼자 살고 있는 첫째들을 너무 안타깝게 생각하시거나 애달파 하지 마시라고. 우린 괜찮다고. 그러니 "큰딸이 혼자야?" 같은 질문에도 그냥 당당하게 "네"라고 대답하시면 된다고.

미혼의 딸이 독립해 1인 가구로 사는 건 인륜지대사와 전혀 별개의 문제라고.

숨만 쉬어도 100만 원

퇴직 후에 일을 쉬고 있는 친구와 오랜만에 만나 수다를 떠는데 친구가 푸념처럼 "아무것도 안 하고 남편이랑 나랑 숨만 쉬어도 ○○만 원 들어…….'라고 말했다. 맞벌이에서 외벌이가 되었으니 가계가 휘청거린다고. 지출을 줄여야 하는데 생각보다 고정비가 많이 들어 걱정이라는 고민을 듣자, 귀가하는 나의 발걸음도 절로 무거워졌다.

곧장 집에 돌아와 가계부 파일을 들춰보며 나도 '한 달 고정지출비'를 살펴봤다. 전세자금 대출이자, 각종 보험과 청약저축, 관리비, 수도세, 전기세, 도시가스비, 핸드폰 통신비까지. 합쳐보니 얼추 100만 원에 달한다.

'나는 한 달 동안 아무것도 안 하고 숨만 쉬어도 100만 원이 나가는구나……'

누군가에게 얼마 안 되는 돈일 수도 있지만 1인 가구의 가장인 나에게 100만 원은 꽤 큰돈이다. 지금 같은 삶을 유지하기 위해 다달이 최소 100만 원, 1년이면 1,200만 원이 드는 셈이다. 사실 대출이자나 보험료는 지금 당장 손댈 수 있는 부분이 아니다. 물론 대출 원금을 빨리 상환하면 이자액은 줄겠지만 그게 어디 말처럼 쉬운 일인가. 적금 대신 일정 금액을 다달이 원리금을 상환하는 일명 '우선 빚부터 갚자' 전략을 취하고 있지만, 요즘 워낙 저금리시대라 원리금을 다달이 상환해 나가도 줄어드는 이자 폭이 눈에 띄게 줄지 않았다.

그렇다면 남은 건 공과금이다. 고정 지출 중에 정해진 금액의 관리비를 제외하고 한 푼이라도 아낄 수 있는 영역은 공과금뿐이다. 그래서 요즘 **'나 홀로 새마을 운동'** 중이다. 외출할 때 반드시 집 안의 불을 모조리 끄고 집에 있을 때도 되도록 불필요한 조명을 켜지 않는다. 한 칸씩 On/Off 할 수 있는 멀티탭으로 평소 잘 쓰지 않는 기계들의 전원을 차단해 단돈 일 원이라도 아끼려고 발

버둥 치는 중이다. 부모님 댁에서 삼시 세끼 따순밥 먹고 무더위와 한파를 피하며 편안하게 생활하던 때에는 단언컨대 전혀, 1도 신경도 안 썼던 부분이다. 여름에 거리낌 없이 에어컨을 틀었고 한겨울에도 몸에 땀이 많다는 이유로 두꺼운 옷 대신 얇은 실내복을 입고 난방을 세게 돌렸다. 물소리가 좋다며 샤워하면서 물 낭비도 많이 했다. 생활비 한 푼 내지 않고 그 모든 것들을 당연하게 누렸다니, 그 시간이 꿈같으면서도 한편으로는 가슴속 깊은 곳에서 반성의 목소리가 울린다.

잠시 같이 살던 막내 동생을 쫓아다니며 '방에 불 끄고 다녀라' '양치하면서 물 틀어놓지 말아라' '휴지 펑펑 쓰지 말아라' '난방 세게 하지 말고 옷을 더 입어라' 등등 나도 모르게 시시콜콜 잔소리를 해대자, 참다못한 동생이 내게 핀잔을 주었다.

"언니 잔소리 좀 그만해. 꼭 엄마 같아."

아직 대학생인 늦둥이 막내의 세상 철없는 소리에 한숨이 절로 나온다. '너도 나중에 니가 벌어서 써봐라. 그런 소리가 나오나!'라고 소리 지르고 싶다. 물론 나 역시 독립하자마자 절약 운동에 돌입했던 것은 아니다. 자취 4~5년 차까지는 부모님과 함께 살던 시절의 생활 습관을 고치지 못해 고정비가 꽤 높았다. 하지만 요즘 정말 많이 변했다. 이런 나를 보고 부모님 "우리 딸이 드디어 사람 됐다."라고 하시는 것을 보면, 자식으로서 부모님께 사람됨을 인정받는 데 1인 가구 독립만 한 일이 없다는 것이 최근 내 지론이다.

가끔 안온한 보금자리가 그립고 자취하면서 지출하는 비용이 아까워 부모님 집으로 철수할까 심각하게 고민했다. 부모님과 함께 사는 친구들이 목돈도 빨리 모으는 것 같아 부러웠다. 물론 부모님께 생활비를 따로 드리는 친구들도 있었지만 어찌 됐든 그건 생판 모르는 남이 아니라 혈육에게 드리는 돈이 아닌가. 부모님이 자식에게 받은 생활비를 살뜰하게 따로 모아 나중에 목돈으로 되돌려 주시는 훈훈한 사례들을 왕왕 목도하며, 지금이라도 이 자그마한 집에서 철수해야 하나 고민했던 순간이 자주 있었다.

다달이 100만 원을 허공에 날리기만 할 뿐인가. 식비를 포함해 기타 생활비로 소소히 지출되는 돈도 상당했다. 자취하다 보면 1명의 인간이 살아가는 데 이렇게 많은 물건이 필요하다는 사실에 새삼 놀라게 된다. 취향에 따라 없어도 그만, 있어도 그만인 사치품은 제외하고 세탁용품부터 화장실용품까지 어찌나 수시로 사야 하는 생필품들이 그렇게 많던지! 샴푸는 왜 그렇게 빨리 없어지고, 분명히 산 지 얼마 안 된 것 같은데 키친타월과 물티슈는 왜 이렇게 빨리 사라지며, 섬유유연제는 언제 이렇게 다 쓴 것인지 놀랍다. 쇼핑을 좋아하긴 했지만 자취하고 나서 생필품 쇼핑은 정말 원 없이 했다.

어쩌면 종잣돈이 될 수도 있었던 월 100만 원이 못내 아쉽긴 해도 요즘은 독립해 살아 보길 꽤 잘했다고 생각한다. 그렇지 않았다면 이처럼 살벌한 서바이벌의 세계를 모르고 살지 않았을까? 그러나 지금의 고생이 언젠가 피가 되고 살이 되는 지혜로 재탄생할 것이라 믿는다. 하나 더 보태자면, 독립은 부모님께 철딱서니 없고 세상 물정 모르던 딸내미에서, 어엿이 성숙한 인간으로 인정받게 된 어마어마한 사건이기도 하다.

그러고 보면 독립은 한 번쯤 인생에서 꼭 도전해 볼 만한,
제법 값진 경험 같다.

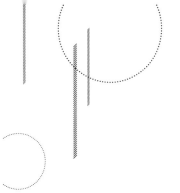

당신은 임시 거처에 살고 있나요?

독립해 처음 얻은 작은 원룸은 회사에서 엎어지면 코 닿을 거리에 있었다. 그곳은 내게 '정식 집'이라기보다 그저 잠시 스쳐가는 '임시 거처' 같은 느낌이었다. 주 52시간 근무가 일반화되기 전, 소위 '라떼는 말이야' 시절에 신입 사원이었던 나는 입사 1~2년 차까지 제법 야근을 많이 했다.

오전 8시 30분부터 오후 5시 30분까지인 정규 근무 시간을 마치고도 오후 6시쯤 선배들과 구내식당에 내려가 식사를 하고 돌아와 다시 일했다. 이르면 오후 7~8시, 늦으면 오후 10~11시까지 야근하다 귀가하는 일이 다반사였다. 그때는 그렇게 일하는 것이 당연한 줄 알았다.

꼬꼬마 막내 사원이었던 나는 회사에서 궁금하고 배우고 싶은 일들이 많았고, 바늘구멍 같은 좁은 취업 문을 통과해 어렵게 취뽀했기 때문에 나름대로 최선을 다하고 싶었다. 지금 생각하면 자다가 허공에 이불 킥 두어 번 날릴 생각이지만 그때는 어렸고 열정이 넘쳤다.

야근하면서 선배들 몰래 동기들과 메신저로 떠드는 수다도 재미있었고, 회사에서 저녁 먹는 것도 나름대로 괜찮았다. 집에 가면 오히려 조그만 원룸에서 혼자 뭘 해 먹기도 애매해서 회사에서 균형 잡힌 식사를 그것도 '공짜'로 먹을 수 있어서 좋았다. 가뭄에 콩 나듯 일찍 끝나는 날은 대부분 미혼이었던 동기, 선후배들과 어울려 밤늦도록 온갖 곳을 쏘다니다 자취방에 들어갔으니, 사실상 그곳은 거의 잠만 자는 숙소였다.

그러다 어느 날, 문득 그런 생각이 들었다.

'결혼하기 전까지 모든 것이 임시인 상태일까?'

나의 잠만 자는 숙소 생활은 막연히 내가 결혼하면 끝날 것 같았다. 그런데 언제 결혼하나? 20대 후반, 30대 초반까지만 해도 나는 결혼을 인생에서 특별히 다른 일들보다 최우선 가치로 놓지 않았다. 다분히 방관자적 태도였던 것 같지만 비혼주의자가 아닌 이상 100세 시대에 '관 뚜껑 닫기 전 언젠가 한 번은 하지 않을까?' 생각했다. 그런데 소위 결혼 적령기에 들어섰어도 운명의 상대를 만나지 못한 채, 어쩌다 보니 나는 30대 중반의 1인 가구가 되었다. 그사이 친구들도 입사 동기들도 대부분 결혼하고 심지어 후배들도 나를 추월해 기혼자 대열에 합류했다. 서울 하늘 아래 내 집 마련이 '하늘의 별 따기'라지만, 혼자보다 그래도 둘이 힘을 합치니 다들 어찌저찌 보금자리를 마련하는 것 같았다.

물론 손바닥 보듯이 빤한 우리들의 고만고만한 연봉과 월급으로는 처음부터 자기 주택 마련은 어림도 없었다. 하지만 본인과 배우자의 신용을 영혼까지 끌어모아 대출을 최대로 받으면 번듯한 전셋집 정도는 구하는 것 같았다. 물론 집안 형편이 넉넉한 친구들은 양가 도움을 받아 어엿한 자가 소유주가 되기도 했다. 그런 신혼 집들에 초대받으면 기분이 좋다가도 막상 돌아오는 길에 마음이 점점 허탈해졌다.

신축이면 모든 것이 반짝반짝 새것이어서 좋은 게 당연했지만 구축이어도 그 못지않게 부러웠다. 내부를 리모델링하여 당장 온

라인에 소개되어도 손색없도록 예쁘게 꾸며 놓은 그들의 '정식 주
거지'가 1인 가구로 '임시 거처' 생활 중인 내게 상대적 박탈감을
안겨줬다. 절대적으로 내 공간이 작은 건 차치하고, 언젠가 청산
할 임시 거주지 생활을 하고 있어, 만 5년 넘게 자취를 했음에도
불구하고 변변한 세간살이랄 것이 없었다. 주방용품이나 생활용
품은 주로 다○소에서 값싼 것을 구매했고 인테리어는 꿈도 꾸지
않았다.

찬기들은 조악했고 그나마 부모님 집에서 틈날 때마다 한두
개씩 몰래 가져온 주방용품들이 봐줄 만했으나, 어딘지 모르게
2% 부족해 보였다. 제각각인 가구들도, 알록달록한 수건들도, 하
다못해 들쭉날쭉한 물컵들까지 무엇 하나 서로 조화를 이루지 않
았다. 신기한 것은 그 모든 것을 인식하지 않았을 때는 전혀 거슬
리지 않는데 한번 신경이 쓰이자 계속 눈에 거슬렸다.
그간 혼수용으로 값비싸고 세련되었으며, 동시에 예쁘고 기능
적이기까지 한 신혼 집 살림살이들을 보며 다져진 나의 심미안에,
올망졸망한 내 살림살이들은 한없이 초라하고 남루해 보였다.

만약 결혼을 하기 전까지 이렇게 임시 거처 같은 1인 가구 생

활을 계속한다면 나는 앞으로 어떻게 되는 걸까? 만약 결혼을 아주아주 늦게 하거나, 혹은 영혼의 단짝을 만나지 못하면? 그럼 나는 쳐다만 보아도 감탄이 절로 나오는 그릇들에 숟가락 젓가락 가지런히 받침대에 올려놓고, 예쁜 테이블에서 정갈하게 밥을 담아 먹는 순간을 평생 누리지 못하는 것인가? 이런저런 생각이 머릿속을 맴돌았다.

제대로 된 집에서 살고 싶은 마음이 커지자 엉뚱하게도 결혼이 너무 하고 싶어졌다. 결혼만이 이 상황을 타개할 방법이라는 생각에 마음이 심란하고 초조하여 잠 못 드는 밤이 늘었다. 그러나 이 조급증은 동갑내기 친구의 집들이에 초대받은 이후 전혀 다른 생각으로 변했다. 오래전 나처럼, 독립의 첫발을 내디딘 친구였다. 그녀의 초대로 집들이를 가보니 '세상에나 마상에나' 감탄사가 절로 나왔다.

우리는 분명 똑같은 1인 가구이자, 전세 세입자였지만 알맹이는 매우 달랐다. 워낙 감각이 좋기도 한 친구였지만 자취 집을 아주 세련되고 안락하게 꾸며놨다. 언젠가 자기 공간을 가지게 되면 쓰겠다며 어릴 때부터 하나둘 모아두었다는 식기며 주방용품, 인테리어 소품들은 여느 신혼 집 못지않게 예쁘고 고급스러웠다. 친구는 나처럼 막연하고 언제가 될지 모르는 미래를 꿈꾸며 현재를 대충 사는 것이 아닌, 지금의 삶을 온전히 즐기고 있었다.

　요즘 나는 정식 주거지에 안착하기 위해 현재의 주거지가 잠시 스쳐 가는 임시 거처라고 생각했던 마음을 고쳐먹는 중이다. **현재 내가 지금 사는 공간과 그곳에서 삶은 온전히 내 마음먹기에 달렸기 때문이다.** 하여 비록 찰나의 순간일지라도 현재를 충실히 보내기로 마음먹었다. 최근 퇴근 후 리빙 샵에서 마음에 쏙 드는 커틀러리 세트와 과거의 나였다면 쳐다보지도 않았을 고급 찻잔 세트를 주문했다. 물론 나 혼자 쓸 거니까 한 세트씩만 샀다.

　그렇게 나 혼자 살더라도, 그것이 임시일지라도, 어쩌면 반영구적일지라도,
　바로 지금, 현재를 잘 살아보기 위해 노력 중이다.

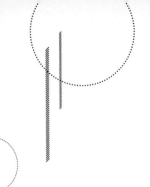

가장家長의 자격

또다시 언급되는 '라떼는 말이야' 신입사원 시절. 아직도 고구마를 백 개 먹은 듯, 가슴 한편이 답답해지는 기억 하나를 꺼내 본다. 다소 규모가 큰 편이었던 우리 팀은 파트제로 운영됐고, 인사 고과도 파트별로 배분되는 시스템이었다. 연말에 S-A-B-C-D 순으로 평가 등급이 부여됐는데 직급별로 배분율이 조금씩 달랐다. 쉽게 말하면 사원은 사원끼리, 대리는 대리끼리 동일한 직급 내에서 상대평가를 통해 최종 평가 등급을 부여받는 시스템이었다.

당시 내가 근무하던 부서는 조직 내에서 꽤 도전적인 목표를 받은 곳이었다. 일의 난이도도 높았고 환경도 열악해 당연히 타 조직보다 성과가 미약했고 높은 평가 티오는 늘 박했다. 눈치가 빤한 사람들이 스리슬쩍 기피하는 그곳에서 나와 후배는 1년 동안 정말 죽을 둥 살 둥 열심히 일했다. 비록 실적 달성률이 낮아 정량 평가에는 별 기대가 없었어도, 남들이 기피하는 험지에서 꿋꿋이 열심히 일했다는 자부심에 정성 평가에서만은 제법 괜찮은 결과를 얻을 줄 알았다.

마침내 팀장님이 평가 결과를 한 명씩 불러 알려주는데 내 차례가 되어 떨리는 마음으로 면담 장소로 향했다. 내심 속으로 A를 기대했는데 결과는 B였다.

솔직히 매우 실망스러웠다. 매일 밥 먹듯이 야근하고 나름대로 꽤 열심히 일했는데, 그럼에도 불구하고 B면 앞으로 도대체 뭘 더 얼마나 잘해야 A나 S를 받는 건가 싶어 좌절했다. 그런 내게 팀장님은 '사원이 B 정도면 과분한 결과니, 실망하지 말고 앞으로 더 열심히 하라'며 격려하시길래, 내심 '그래도 뭐 내가 좀 부족한 구석이 있겠지' 싶어 발걸음을 돌렸다.

그런데 얼마 후, 우연히 충격적인 소식을 접했다. 같은 파트 후배가 정성 평가에서 A를 받았다는 사실이다. '왜지? 왜 ○○은

A고 나는 B지?' 싶어 머리가 띵했다. 물론 그 후배가 역량이 부족함에도 불구하고 과분하게 A를 받았다고 생각한 것은 결코 아니었다. 후배의 노력과 성과를 폄하하는 것이 아니라, 그의 업적이 A의 자격에 부합한다면, 나 역시 충분히 그럴만한 성과를 이뤘다고 생각했을 뿐이다.

오히려 나는 고작 6개월 먼저 들어왔다는 이유로 후배보다 조금이라도 더 어렵고 복잡한 일을 맡아왔다. 게다가 모래주머니 차고 경기에 출전한 선수처럼, 후배에게 선배로서 일을 가르치면서 업무를 하는 이중고를 견뎠는데 이게 어찌 된 일인지 도무지 납득이 되지 않았다.

고민하다가 결국 나는 혹시 내가 인지하지 못한 후배보다 부족한 점이 있었는지 팀장님께 여쭤봤다. 그러자 팀장님은 웬일인지 한참을 머뭇거리셨다. 내 눈도 못 마주친 채 애꿎은 수첩 모서리만 바라보시다가 '사실은 나의 역량이 그 후배에 비해 뒤처지지 않는다'고 말씀하셨다. 석연치 않은 대답에 왜 나와 그의 평가 등급에 차이가 있는지 재차 물었더니 그제야 제대로 된 답을 들을 수 있었다. 원래 둘 다 A를 주고 싶었지만 우리 팀, 아니 정확히 내가 속한 파트 성과가 좋지 않아 사원급에서 1명만 A를 줄 수 있어 후배에게 A등급을 줬다는 것이다. 그러면서 팀장님이 덧붙인 말은 내 속을 다시 꽉 막히게 했다.

아직도 뇌리를 맴도는 그 한 마디.

"○○는 가장이 될 거잖아. 그래서 ○○를 A 줬어."

그 순간 '이게 대체 무슨 소리지?' 싶어 또다시 머리가 핑해졌다. 사고가 정지되어 그게 대체 무슨 의미인지 잘 모르겠다고 말씀드리자 팀장님은 더 이해할 수 없는 말만 늘어놓으셨다.

'○○이는 앞으로 결혼해서 한 가정의 가장이 될 거고, 자신은 가장이 되어 보다 조직에 책임감을 느끼고 다닐 사람에게 더 좋은 고과를 주었다'는 다시 생각해도 몹시 석연치 않은 논리였는데, 너무 차분한 어조로 말씀하셔서 되려 내가 할 말을 잃었다.

생각도 못 한 답변에 허를 찔린 기분이었다. 그 자리에서 뭐라 날카롭게 반박할 말이 떠오르지 않았다. 분명히 논리적이지 않은 말인데, 뭐라 대꾸할 말이 없어 정적만 흘렀다.

팀장님은 '원래 평가라는 것이 상대적이니까 너무 기분 나빠

하지 말고 올해 더 열심히 하면 된다'는 다소 황망한 격려의 말씀을 남기고 다급히 자리를 뜨셨다. 집으로 돌아와 팀장님의 말씀을 곰곰이 다시 곱씹어 보아도 좀처럼 납득이 가지 않았다.

차라리 내가 후배보다 어떤 어떤 부분이 부족해서 더 낮은 평가를 받았다고 하면 당장은 실망스럽겠지만, 그 이유가 나름대로 합리적이었다면 차츰 받아들이고 부분을 개선하려 더 열심히 일했을 것이다. 그런데 둘 다 열심히 했고 심지어 내 역량이 절대 뒤지지 않는데, 한 명은 앞으로 가장이 될 거니까 A라고? 그럼 나는? 나는 가장이 안 될 건가? 나는 내가 가장인데? 그것도 나는 생계형 가장인데? 나 혼자 스스로 먹여 살리는 엄연한 1인 가구 가장인데!

그 자리에서 "잠시만요, 저는 제가 가장인데요. 그게 무슨 말도 안 되는 소리입니까!"라고 단박에 내지르지 못한 것이 아직도 빈 벽에 맨주먹 날릴 기억으로 남아 있다. 결국 조직에 오래 헌신하는 데 여성보다 남성이 낫다는 고리타분한 논리를, 교묘하게 '가장'이라는 굴레의 핑계로 덮은 것뿐이다. 가장의 자격에 성별 따윈 필요 없다.

최근에 글을 쓰려고 가장家長의 사전적 의미를 포털에서 검색해봤다. 가장의 사전적 정의는 '한 가정을 이끌어 나가는 사람'이라고 나온다. 그것 말고 가장의 자격이 또 있을까?

　한 가정의 가장이라고 하면 보통 '아버지' 혹은 '남편'이 연상된다. 어머니가 아버지를 다른 누군가에게 소개할 때 "저희 집 가장이에요."라고 말씀하시는 경우를 나 역시 기억한다. 물론 틀린 말은 아니다. 놀랍게도 가장家長의 두 번째 사전적 정의가 바로 '남편을 달리 이르는 말'이었으니까.

　어쨌든 '가장'에 대한 두 개의 뜻풀이는 분명 각각 독립된 정의인데, 전혀 다른 의미를 혼합해 '한 가정을 이끌어 나가는 사람=남편(아버지)=남성'이라고 일반화하는 게 옳은 걸까?

　나는 가장의 자격에 성별을 부여하는 것을 지극히 경계해야 한다고 생각한다. 한 가정을 이끌 가장이 꼭 남성일 필요는 없다. 편모 가정으로 어머니가 가장인 집도 많고, 나같이 혼자 사는 사람은 성별이 남성이든 여성이든 상관없이 자기 자신이 바로 가장이다.

**　'무릇 가장이라 불리는 데 충족되어야 하는 마땅한 자격이**

뭘까?'

의문이 들었다. 서류상 이름뿐이고, 허울뿐인 가장이 아니라 실제로 '본인 가정의 생계를 담당하고 가정에서 발생하는 모든 일에 마땅히 대표로서 책임지는 것' 그것이 바로 진정한 가장의 자격이 아닐까?

나머지 성별이 어떻든, 나이가 어떻든 그런 것들은 가장의 자격에 중요하지 않다.

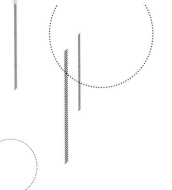

그럼에도 버릴 수 없는 청약통장

입사하고 얼마 후, 한창 재형저축 바람이 불었다. 이자율이 높다고 입소문이 나 주변에서 동기들이 너도나도 가입하자 나도 덩달아 별생각 없이 가입했다. 친절한 은행 언니가 통장을 개설해주면서 내게 '재형저축도 좋지만 청약통장이 없다면 한 살이라도 어릴 때 빨리 들어 놓는 게 좋다'고 같이 가입하길 권했다.

재테크에 무지했지만 어릴 때부터 주변에서 귀동냥으로 청약저축에 대해서 몇 번 들어 보기도 했고, 월에 최소 2만 원만 납입하면 된다는 말에 함께 그 자리에서 냉큼 가입했다. 그렇게 몇 년이 흘렀지만 고작 월에 2만 원씩 납입했다고 통장에 엄청난 목돈이 모이진 않았다.

1년이라 해봤자 24만 원, 3년을 모아봤지만 고작 100만 원도 안 되는 돈이었다. 청약통장은 내가 해지하거나 청약에 당첨되지 않는 이상 인출할 수 없는 돈이기 때문에, 그렇게 내 뇌리에서 통장의 존재는 희미해져 갔다. 월급날 순식간에 빠져나가는 각종 카드 대금들과 공과금, 보험금 틈에서 2만 원은 매우 미미한 존재였다.

그런데 길어 봤자 3~4년이면 끝날 것 같았던 나의 1인 가구 생활이 예상보다 몹시 길어졌다. 그사이 무섭게 치솟은 서울 집값에 전월세 값도 덩달아 폭발적으로 상승했고, 지금 이 순간에도 하늘 높은 줄 모르고 치솟고 있다. 20대 때 부모님께서 '수도권에 소형 아파트라도 하나 사놔야 하지 않겠냐'고 권하셨지만 그때는 "내가 무슨 집을 사!"라며 귓등으로도 듣지 않았다. 지금 생각해 보면 부모님의 혜안은 실로 엄청난 것이었다.

역시, 부모님 말을 귀담아들어야 한다. 그때까지만 해도 대출 규제가 빡빡하지 않을 때라 중도금 대출이 최대 80%까지 가능했다. 비록 회사에 다닌 지 몇 년 되지 않은 사원 나부랭이로서 모아 놓은 목돈이 많지 않았어도, 대출을 최대로 받으면 수도권도 아닌 무려 '인서울'에 2~3억대 소형 아파트 한 채는 넘볼 만했다. 그러나 그때는 내 자취 생활이 이렇게 장기전이 될 줄 몰랐고, 어린 나이에 내 명의로 억대 빚을 지는 것도 무서웠다. 지금이야 '빚도 자산'이라며 친구들과 자조 섞인 농담을 하고, '성인이라면 빚 1억 정도는 뭐 다 기본 아니니?'라며 술자리에서 웃어넘기지만 사회에 나온 지 얼마 되지 않은 20대 사회 초년생에게 내 집 마련보다 관심 있는 것들은 세상에 넘쳤다.

30대가 되어 뒤늦게 아차 싶어 주변을 기웃거려 봤지만, 이게 정말 가당키나 한 값이 맞나 싶을 정도로 서울 하늘 아래 집값은 엄청났다. 성실한 월급 개미로 어떻게 비벼볼 만한 금액이 아니었다. 서울 중심부야 두말하면 입 아프고 동서남북 서울 변두리까지 최소 5억은 기본이었다.

갑자기 서울 하늘 아래 내 한 몸 편히 누일 곳을 영영 못 찾을 것 같아 두렵고 절망스러웠다. 어릴 때 나처럼 어리바리했던 친구들도 2~3년 전에 결혼하며 부부의 신용을 영혼까지 끌어모아 어찌저찌 집을 마련했거나, 운 좋게 신혼부부 특공으로 청약에 당첨되어 하나둘, 내 집 마련의 꿈을 이뤘다. 남들은 시집 장가가서 집도 사고 차도 사는데 대체 나는 그동안 뭐 했나 싶은 생각에 우울해졌다.

바보. 무지랭이. 멍청이

바보. 무지랭이. 멍청이

바보. 무지랭이. 멍청이

세상 똑쟁인 척은 다 했지만 결국 바보 멍청이 무지랭이 헛똑똑이라고 자책했다.

뒤늦게 확인한 청약통장의 존재도, 산출해보니 고작 10점대인 갸륵한 내 청약 점수도 모두 짜증 나고 속상했다. 가점제 위주로 바뀐 청약 제도와 중도금 대출 비율이 40%로 반 토막 난 정책에 더해, 그 와중에도 계속 치솟는 서울 집값이 더욱더 가슴을 답답하게 했다. 이렇게 나 혼자 서울 하늘 아래 발 편히 누일 곳 하나 갖지 못하고 생을 마감해야 하는가!

성실한 개미이자 선량한 시민으로서 억울하고 원통해서 도저히 이대로는 눈을 못 감지 싶다. 분통 터지지만 그래도 기댈 건 청약통장 하나다. 85㎡를 기준으로 인서울은 최소 300만 원, 수도권은 200만 원의 납입금이 필요하다. 청약통장을 개설하고 2년이 넘으면 해당 금액을 한꺼번에 납입해도 된단다. 그래서 일단 청약통장에 300만 원을 일시 납입했다.

그런데 문제는 가점제. 청약 점수가 높은 사람 위주로 주택을 배정한다는 이야기인데 앞서 말했듯 내 청약 점수는 고작 20점이 안 되는 갸륵한 점수라 당첨되기에는 턱없는 수준이다. 여기저기 조사해보니 60점은 되어야 하는 것 같던데. 또 가슴이 답답해졌다. 그렇다면 눈을 돌려 추첨제에 응모해야 할까?

조사해보니 추첨제는 대부분 85㎡ 이상, 즉 대형 평수 대상이라 나같이 청약 점수가 낮은 사람도 기대해 봄직했지만, 서울을 기준으로 최소 납입금이 600만 원으로 커진다. 600만 원을 언제 될지도 모르는 당첨 확률에 기대하며 묶어둘 생각을 하니 또 고민이 됐다.

그렇지만 별수 없지 않은가. 평생 쪽쪽 굶고 걸어 다녀도 피같이 소중한 월급만 모아서는 서울에서 내 집 마련은 꿈도 못 꾼다. 백번 양보해서 안 먹고 안 쓰는 무소유의 삶을 산다고 해도 그사이 또 집값은 껑충 뛰어 있을 테니, 도저히 전투력이 상승하지 않는다. 그냥 쿨하게 내 집 마련을 포기하고 싶어졌다.

그러자 모태 문과생으로서 대입 준비 때 '수포자(수학 포기자)'의 길을 걸었던 것이 떠올랐다. 요즘 내 주변에 심심치 않게 등장

하는 '집포자(집 소유를 포기하는 자)'들이 그때와 비슷한 심정인 것 같다. 지방은 상황이 조금 다르겠지만 문제는 밥벌이다. 연고지가 아닌 곳에서 혼자 생계 활동을 할 자신이 없고, 특출한 기술도 없는 사무직 월급쟁이는 그저 고개를 숙인다. 친구들과 술자리를 하고 돌아오는 길에 밤하늘을 반짝반짝 수놓는 고층 아파트들을 바라보며,

"나는 포기하지 않아! 그래도 할 수 있어! 가질 꺼야! 내 집!"

알코올의 힘을 빌려 소리 질렀다. 안쓰러웠던 건지, 친구들은 내 두 손을 꼭 잡고 "그래 너라면 할 수 있겠다"라고 토닥이며 택시 태워 보내줬다. 찌잉 눈물이 고인다.

"그래도 나는 포기하지 않아. 로또도 다 되는 사람들 있잖아 악!!!"

Cheer Up Baby.

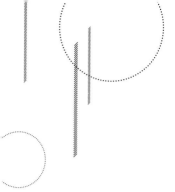

자취 독거의 제1조건

'독거獨居'의 사전적 의미는 '혼자 삶. 홀로 지냄'이다. 1인 가구로 혼자 사는 나는 현재 사전적 정의로 '독거' 상태다. 문득 '독거'란 단어를 떠올리면 검색 창 자동완성 기능처럼 '독거' 뒤에 '노인'이 붙어 '독거 노인'이 연상된다. 생물학적으로 나는 아직 노인이라 칭할 수 없는 나이니 나는 독거 상태지만 독거 노인은 아니다. 그럼 나 같은 혼자 사는 청년, 노인 범주에 들어가지 않는 혼자 사는 성인을 뜻하는 단어는 뭘까?

아무리 생각해도 마땅한 단어가 떠오르지 않는다. 기껏해야 1인 가구 정도가 떠올랐지만, 1인 가구는 유아, 청년, 노인 등 모든 혼자 사는 모든 사람들을 포괄하는 개념으로, 뭔가 지금 내 상태를 정확히 대변하기에 너무 광범위한 개념이란 생각이 든다.

'독립'과 비슷하게 '자취'란 단어가 떠올라 얼른 사전을 찾아보니 '자취自炊'는 '손수 밥을 지어 먹으며 생활함'이란 뜻이었다. 하지만 역시 '자취'란 단어 뒤에 '생生' 자를 붙여 '자취생'. 즉, 아직 어린 혼자 사는 학생을 칭하는 단어가 더 친숙하다. 나는 정규교육과정을 모두 마쳐 학생이라 볼 수 없으니 자취생이라 칭할 수 없고, 개념적으로는 혼자 밥을 해 먹으니 '자취' 상태가 맞긴 한데, 나이 서른 넘어 남들에게 "저 자취해요."라고 말하기가 왠지 쑥스럽고 면구스럽다.

독거 상태지만 독거노인은 아니고, 자취 상태지만 자취생은 아닌 나는 그럼 자취생과 독거노인 그 중간 어디쯤일까? 갑자기 지금 내 삶의 형태에 대해 생각해보다 심오해졌다. 아무튼 나는 지금 일종의 '자취 독거' 상태인 셈이다.

자취 독거 삶을 유지하려면 단연 경제력이 제1 필수 조건이다. 물론 요즘 나는 안정된 주거 공간 확보를 위해 '거주 공간' 소위 '집'에 몹시 집착하고 있긴 하지만 한 꺼풀 벗겨보면 사실은 '경제력'에 대한 문제다.

경제력은 본인이 현재 보유하고 있는 현금뿐만 아니라 가용할 수 있는 타인의 돈, 즉 대출 능력까지 포함된다. 물론 빚 없이 시작하는 것이 좋겠지만 우리 모두가 알다시피 하루가 멀다 하고 치솟는 대한민국 집값을 순전히 본인 능력의 현금으로 감당하기란 현실적으로 불가능하다. 보유한 현금과 내 신용을 영혼까지 끌어모아 일단 안정적인 거주 공간을 확보해야 자취 독거 삶을 시작할 수 있다.

어느덧 나는 10년 차 직장인이 되었다. 강산이 한 번 변한다는 짧지 않은 시간 동안 마음속으로 수십, 수백 번 회사를 그만두고 싶었다. 그럴 때마다 번번이 나를 다시 자리에 주저앉힌 건 바로 '지금과 같은 삶의 형태로 살고 싶다'라는 열망이었다. 긴 시간 일했으니 지금 당장 그만두어도 끼니 걱정은 없지만 집은 다르다. 전세자금대출, 주택자금대출 등 집을 마련할 때 가용했던 대출은 엄밀히 말해 '나'라는 존재보다, 내가 근무하는 '직장'과 앞으로 벌 것이라 예측되는 '소득(연봉)'을 담보로 빌려주는 돈이다. 만약 내가 퇴사하면 당연히 대출 길은 막힐 것이고, 거처를 잃은 나는 결국 부모님 댁으로 돌아가 다시 더부살이 생활을 해야 한다. 먹고 싶은 것을 못 먹고 가지고 싶은 것을 덜 사는 삶은 견딜 수 있어도 한 번 맛본 자유를 다시는 포기하고 싶지 않았다. 결국 자리를 박차고 일어나 사표를 제출하고 퇴사하고 싶은 의지를 번번이

꺾고, 매일 아침 다시 모니터 앞에 앉아 키보드를 두드렸다.

　SNS에 대한민국 직장인이 회사를 오래 다니는 비결이 몇 가지 떠도는데 그중 '빚을 내서 집을 구했음'이 꼽히는 게 정말 실없는 농담이 아니다. 아무리 주인님이 도비에게 양말을 던져주며 "너는 이제 자유다"라고 말한들, 빚이 있는 노동자에게 무슨 소용일까. "그 자유 반납합니다!"라고 외치며 주인에게 양말을 다시 강스파이크 날릴 판이다.

　입사 동기들이 항상 제일 먼저 그만둘 것 같은 사람 1위로 지목했던 나는 어쩌다 근속 연수 10년의 감사패를 받을 뻔했다. 다행히 중간에 이직하여 그 영광은 날아갔지만 껍데기만 바뀌어 여전히 직장 생활 중이다. 셀 수 없는 퇴사 위기를 '내 집과 지금과 같은 생활을 사수해야 한다'는 일념으로 버티며 여기까지 왔다. 자취 독거의 제1조건, 경제력을 위해 고군분투한 세월이 눈물겹다.

　그런데 앞으로도 잘 할 수 있을까? 천정부지로 치솟는 집값을 보면 평생 출근해야 할 것 같은데, 자취 독거 삶과 그를 위한 경제력을 유지하기 위해 언제까지 이렇게 살아야 할까?

　고민이 된다. 평생 월급 노예로 살아야 하는 것이 아닐까? 하는 답답하고 막막한 마음보다 최근에는 인생에서 집 하나 때문에 너무 많은 희생을 감내하는 것이 아닐까? 라는 생각이 든다. 내 인생에서 정작 더 중요하고 값진 것들을, 고작 집 한 칸 때문에 놓치고 있을지도 모른다는 찜찜한 기분이 든다.

'내가 태어난 이유가, 내 삶의 소명이 고작 서울 하늘 아래 집 한 채 마련하고 죽는 것이 아닐 텐데…' 하는 생각이 머릿속을 떠나질 않는다.

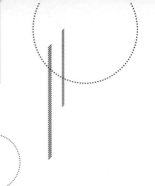

'의식주' 보다 '주식의'

천정부지로 치솟는 집값과 작금의 사태를 보고 있자면, 요즘 자라나는 새싹들에게 삶의 우선순위를 '의식주'가 아니라 '주식 의'로 바꿔서 가르쳐야 할 것 같다.

일단 주거 환경이 안정되어야 그 안에서 지지고 볶고 뭐라도 마음 편히 먹을 수 있을 테니 말이다. 홈쿠킹, 홈카페, 홈트, 홈가 드닝 일단 다 그놈의 '홈Home'이 기본값이다. 그러니 우리는 이제 '의'가 최우선이 아니라 '주Home'가 최우선인 세상에 살고 있는 게 아닐까?

사실 옷은 요즘 워낙 품질이 상향 평준화되어 특별히 유행에 민감하지 않다면 뭘 입어도 상관없을 것 같다. 어릴 때부터 옷이 라면 사족을 못 쓰고 옷 욕심이라면 남에게 뒤지지 않았지만 최근 눈에 띄게 의복 관련 소비가 줄었다. 내 몸이 더이상 자라지도 않고, 갑자기 드라마틱한 체중 변화가 없다면 굳이 사시사철 옷을 구매할 필요성을 못 느끼는 중이다. 예전에는 옷장에 빼곡히 걸린 옷들과 장신구, 소중한 가방들을 바라볼 때면 밥을 안 먹어도 배불렀는데 요즘에는 그저 한숨만 나온다. '저걸 나 싸매고 나는 또 어디로 이사 가야 하나' 싶어 예전만큼 행복하지 않다. '홈'도 없으면서 사시사철 '멋짐'이 다 무슨 소용이란 말인가!

　재미있는 사실은 사람들이 과거에는 낯선 사람을 마주하면 그 사람의 입성, 즉, '옷차림새'로 사회적 위치나 경제적 능력 같은 것을 속으로 가늠했지만, 요즘은 그 사람이 '어디 사는지'가 매우 중요한 포인트다. 서울의 전통적 부촌이 어디일까 하는 물음에 ○○동, △△동 같은 지역 이름을 줄줄이 얘기하는 건 벌써 예전 일이다. 지금은 특정 아파트 이름이나 그 지역의 랜드 마크급 유명한 주상복합단지의 이름을 마치 버버리, 샤넬, 프라다 같은 명품 브랜드처럼 누구나 널리 꿰고 있는 세상에 살고 있다.

　영문법처럼 달달 외운 것도 아닌데 파블로프의 개 실험 수준으로 대표 주거지에 대한 정보가 술술 나온다. 도곡동 하면 타워 팰리스가 바로 연상되는 것처럼 어느 날 갑자기 서울의 웬만한 주거지와 건물 이름에 대해 내 손금 보듯 정보가 훤해졌다.

서울만 그럴까? 내가 서울 시민이어서 그렇지 지방도 크게 다르지 않을 것 같다. 심지어 나는 연고가 전혀 없는 부산마저 대표적인 주거 단지 정보를 도대체 왜, 어떻게 알고 있나 싶다.

이러다 앞으로 다음 세대에서는 출신 지역이 아니라 출신 주거지와 건물 이름을 꼬리표처럼 달고 다니게 생겼다. 그래서 그런지 최근 소개팅을 할 때 예전 같았으면 출신 학교, 직업 정도만 미리 알려주면 큰 무리가 없었는데, 요즘에 자꾸 '지금 어디 살고 있는지'를 주선자를 통해 미리 알고 싶어 하는 경우가 많아졌다. 내가 현재 어디 살고 있는지가 왜 그렇게 궁금할까?

내가 지금 사는 곳이 현재의 나의 가치를 대변하는 걸까?

요즘 내 주변 또래 선후배들을 보면 모두 '주Home' 이야기만 한다. 우리 부모님 세대처럼 결혼하고 자녀가 생기면 한 푼 두 푼 모아 집 평수를 늘려가던 시절에는 의식주에서 '주'가 제일 마지막 과업이었지만 우린 다르다. 일단 '주'를 확보하는 일에 혈안이 되어 있다.

영혼까지 대출을 끌어모으든, 부모님의 노후 자금을 탈탈 털든, 이도 저도 아니면 매일 로또 당첨을 기원하는 심정으로 청약에 목숨을 걸든, 우리 세대는 '주'가 제1의 인생 과업이 됐다. 그래서 멋진 옷도 맛있는 음식도 삼가고 일단 '집'부터 지른다. 아예 집 소유를 포기하더라도 임차인으로서 세입자인 우리를 안정적으로 기거하게 해 줄 존재를 끊임없이 찾아 헤맨다. 최선은 국가가 안정적인 집 주인 역할을 해주는 것이지만 어쩌다 보니 1인 가구에, 애매한 소득 구간에 걸쳐 있는 나까지는 도저히 혜택이 닿을 것 같지 않다.

요즘 나 혼자 꽂혀버린 '의식주'보다 '주식의'라는 발상에 골똘히 빠져 있다가, '주'는 일단 내가 당장 어떻게 할 수 있는 문제가 아니니 미뤄두고 다음 단계인 '식'으로 넘어가 마카롱을 폭식했다. '의식주'든, '주식의'든 간에 항상 중간에는 '식'이라는 변함없는 중용의 가치가 있으니 그나마 천만다행이라는 궤변을 늘어놓는다. 집 생각에 골치가 아프고 산더미 같은 옷에 둘러싸여 순간순간 착잡한 마음이 들 때면, 일단 진정하고 냉장고를 뒤져 본다.

만고불변 중용의 가치 '식'을 위하여.

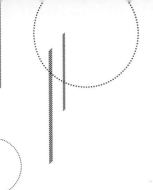

1인 가구의 재택근무

코로나가 막 번질 무렵, 공개된 확진자 동선에 우리 회사 건물과 주변 일대가 포함되자 조직은 빠르게 재택근무를 공지했다. 이미 출근해서 한창 일하고 있던 터라 갑작스러운 공지에 분위기가 제법 어수선해졌다. 나도 뉴스에서만 보고 들으며 그저 남 일같이 느꼈던 코로나가 나도 모르는 새, 슬그머니 내 지근거리까지 바짝 다가온 것 같아 조금 무서워졌다. 아직 치료제도 없다는데, 예고도 없이 내 삶에 훅 치고 들어온 코로나가 두려웠지만 조직 생활에 찌든 월급쟁이 개미는 일단 집으로 가라니까 신이 나서 얼른 노트북을 챙겨 바람처럼 귀가했다. 그렇게 나는 머리털 나고 처음으로 재택근무를 시작했다.

집으로 돌아가는 길에 혹시 몰라 동네 마트에 들러 식료품과 가정 간편식을 조금 샀다. 아니 평소보다 '조금 많이' 샀다. 외국은 벌써 음식과 생필품 사재기에 난리라던데, 혹시 장기전이 될까봐 평소 좋아하던 간편식들을 1+1인 것처럼 2개씩 구매했더니 생각보다 짐이 많고 무거워졌다. 커다란 종량제 봉투에 식품들을 담아 회사 노트북까지 짊어진 채 낑낑대며 집에 왔다.

집에 돌아와서 '이제 됐다!' 싶었는데 문득 섬광처럼 든 생각.

"Water!!! 무우우우울!!!"

정수기가 웬 말이요, 2L짜리 생수를 주기적으로 배송 시켜 먹는 나는 문득 집에 남은 생수가 고작 두 병밖에 없다는 사실을 깨달았다. 평소 같았으면 클릭 몇 번으로 간단히 주문했겠지만 서둘러 접속한 쇼핑 앱은 생수를 포함해 대부분 생필품이 벌써 품절 대란이었다. 그래도 일단 침착하게 아직까지 재고가 있어 보이는 곳에서 생수 두 박스를 주문하고 급한 대로 바로 동네 편의점으로 뛰어가 생수 몇 병을 사서 돌아왔다.

제발, 물이 늦어도 일주일 이내로는 꼭 와야 할 텐데. 지금이라도 다시 편의점으로 뛰어가 생수를 조금 더 사 와야 하나? 고민하다 일단 참았다.

노트북을 토닥거리며 아무 말 없이 일하고 있었는데, 별안간 너무도 조용한 이 집이 조금 무서워졌다. 재택근무의 안온함과 편리함보다 고요함이 주는 공포에 크게 압도됐다. 재난 영화와 각종 디스토피아 마니아인 나는 **'이렇게 집에 혼자 있다가 세상이 뒤집어지면, 나는 영락없이 여기 혼자 고립되는 것이 아닌가!'** 하는 데까지 생각이 미치자 마음이 마냥 편치 않았다.

혹시라도 재난, 전쟁, 폭동 같은 천지개벽할 일들이 터지면 비실비실한 성인 여성인 나는 바로 먹이사슬의 가장 최약체란 생각을 떨쳐 버릴 수 없었다. 설상가상으로 도움을 요청할 부모님 댁은 지방 시골 마을에 있어 걸어가긴 턱없는 거리라, 도착하기 전에 벌써 큰 사달이 날 것 같았다.

이런 심란한 내 마음도 모르고 비교적 코로나 전파 초기에 빨리 재택근무를 시작한 우리 회사의 과감한 결단력에 여기저기 언론 보도가 한창이다. 소식을 접한 지인들의 카톡 메시지가 속속 도착했다. 대부분 '부럽다' '집에서 편하게 근무하니 얼마나 좋으냐' 이런 내용이 다수였는데 덮어 놓고 '좋아! 좋아 죽겠다! 부럽지! 농

늉늉!'이라고 농담처럼 응수하기엔 나는 제법 심각했다.

그렇게 며칠이 흘렀다. 처음에는 집에서 근무하는 것이 영 어색했지만 출퇴근 교통지옥에 시달리지 않고, 근무 시간 바로 직전에 일어나 재빨리 세수하고 편한 옷에 머리를 질끈 동여매고 쌩얼로 일하는 루틴이 제법 익숙해졌다.

가끔 화상회의가 잡힌 날은 오래간만에 옷도 좀 갖춰 입고 누가 시키지도 않았는데 혼자 신나서 메이크업도 열심히 하고 컴퓨터 앞에 앉았다. 하루 종일 혼자 일하다 째그만한 화상 창으로 보이는 동료들이 그렇게 반가울 수 없었다.

미리 사둔 식료품으로 끼니를 해결하며 집 밖으로 한 발짝도 나가지 않는 날들이 이어졌다. 원래 집순이라 집에 있는 걸 좋아하긴 했지만 이렇게 강제 집순이가 되고 보니 처음으로 고독하다는 것은 이런 느낌인가? 싶었다.

그 와중에 여전히 디스토피아에 과몰입한 나는 새벽에 자다 눈이 스르륵 떠졌다. 그래서 오밤중에 혼자 비상 가방을 만들었다. 여차하면 들쳐 매고 기차역으로 달려가 부모님 댁 방향의 열차 꼬리칸에 매달리기라도 할 요량으로 생존에 필요한 최소 물품들을 챙겼다. 작은 생수 몇 개, 초코바를 비롯한 간단한 비상식량, 몇 안 되는 소중한 금붙이들. 현금은 크게 도움이 안 될 것 같았지만 그래도 혹시 모르니 조금 챙기고 속옷이랑 양말, 경량 패딩도 야무지게 말아 넣었다. 좀 더 고민하다 보조배터리랑 커터 칼도 챙겼다.

지금 생각하면 웃음이 절로 나오는데 그 고요한 새벽녘의 나는 나름대로 진지했다. 비상약, 세안 도구와 화룡점정으로 숟가락과 젓가락 한 세트도 소중히 집어넣고 그제야 안정되어 다시 잠자리에 들었다.

비록 자가 격리 중인 사람들의 고충에 비할 바는 못되지만 1인 가구의 재택근무 생활도 자가 격리와 크게 다르지 않은 것 같다. 아무도 없는 집에 혼자 일어나서 일하고 혼자 밥 차려 먹고 조용히 퇴근한다. 가뜩이나 조그만 생활공간이 온통 업무 공간으로 변했다. 답답한 마음에 점심시간에 바람이라도 쐴 겸, 집 근처의 커피전문점에 원정을 떠났다. 한산할 것이란 예상과 다르게 동네 커피 체인점 실내에는 사람들이 넘쳤다. 사람이 별로 없으면 노트북을 가지고 나와 오후 근무는 카페에서 해볼까? 싶어 미리 정탐해 본 것이었는데 실내가 만석이라 주문한 음료를 테이크 아웃해 얼른 나왔다. 커피도 맨날 집에서 혼자 타 마시다가 오랜만에 남이 타주는 커피를 마시니 더 시원하고 청량한 것 같았다.

집으로 돌아오는 길에 순간, 최근 어느 누구와도 대화하지 않았다는 사실을 깨닫고 소름이 돋았다. 커피도 앱으로 오더하고 바로 테이크 아웃했으니 직원과도 말 한마디 섞지 않은 셈이다.

가뜩이나 재택근무 기간 동안 거의 묵언수행 중인데 이러다 모든 사회적 능력이 퇴화할 것 같았다. 이러다 "아메리카노 주세요."라고도 똑바로 말 못 하고 버벅거릴까 봐, 혼자 소리 내서 "아.메.리.카.노.아.이.스.아.메.리.카.노.주.세.요."라고 중얼거리면서 집에 돌아와 다시 오후 근무를 시작했다.

그리고 또 도돌이표 같은 일상이 이어졌다. 일어나서 씻고 일하고 점심 챙겨 먹고 다시 일하다가 로그아웃과 함께 퇴근했다. 스마트폰으로 너튜브를 보면서 좀 쉬다가, 저녁 챙겨 먹고 뒷정리하고 청소하고 씻고 취침하는 다람쥐 쳇바퀴 도는 것 같은 생활을 했다. 간간이 세상천지에 나 혼자라는 생각이 들면 엄마 아빠나 지인들에게 카톡이나 조금 보내는 일상이 이어졌다.

과거에는 재택근무가 현실화될 것이라고 상상도 못 했고 막연히 '출퇴근 개미 생활보다는 낫겠지'라고 생각했다. 껄끄러운 사람들 얼굴도 매일 안 보고 일하니까 얼마나 좋을까? 싶어 막연히 재택근무를 동경했는데 막상 1인 가구의 재택근무는 상상했던 것과 전혀 느낌이 달랐다. 물론 집중력이 좋아져 업무 효율이 높아지긴 했지만 '인간은 사회적 동물'이라는 진리를 절절히 실감했다.

1인 가구의 재택근무는 때로는 외로웠고, 고독했으며, 사회와 물리적으로 단절된 것 같아 순간순간 두려웠다. 다행히 얼마 안 있어 다시 출퇴근하게 됐다. 우리 회사 말고 재택근무를 시행한 대부분의 회사는 앞으로 재택근무가 일상화되면 근태 관리, 업무 효율 같은 부분들을 어떻게 관리해야 하나 집중적으로 고민하는 것 같았다. 그러나 나 같은 1인 가구 입장에서는 오히려 1인 거주자로서 고립감, 사회 단절로 인한 외로움, 안전과 생존에 대한 두려움 같은 부분들도 업무 효율과 근태 관련한 것들만큼이나 조직과 사회에서 진지하게 고민해 줬으면 좋겠다.

나 지금 일개 개미 주제에 너무 많은 걸 바라니?

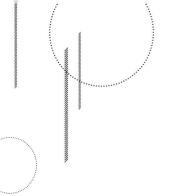

혼술 그리고 하우스포차

사실 나는 술을 잘 못한다. 선천적으로 알코올 분해 능력이 떨어져 가벼운 맥주 한 잔에도 소주를 궤짝으로 때려 부은 것처럼 얼굴이 홍시 감처럼 빨개지고 금세 취한다. 그래서 회사 회식에서도 알콜쓰레기로 열외 취급 당하는 데 익숙하다. 술을 잘 못하니 즐기지도 않았는데, 요즘은 기분이 좋으면 혼자 반주로 홀짝홀짝 제법 잘도 마신다. 누군가의 강요나 분위기에 휩쓸려 억지로 마시는 것이 아니니, 이제서야 제대로 술에 대해 알아가는 것 같다.

때때로 '마이 하우스 포차'에서 남들 시선 따위는 신경 쓰지 않고, 먹고 마시고 노래하고 주사 부리고 온갖 진상을 떨다가 혼자 '픽' 고꾸라져서 잠든다. 가족들이 봤으면 아주 가관이다 싶겠지만 그런 귀여운 일탈이 없었다면 이 풍진 세상 진작에 마음의

병으로 앓아 누웠을 것 같다.

안전하게 마음 놓고 회포를 풀 수 있는 공간인 우리 집이 매우 소중하다. 이래서 버지니아 울프는 그렇게 여자들이 '자기만의 방'이 필요하다고 주장했나? 싶지만 비단 여자들만 자기만의 공간이 필요한 것은 아닌 것 같다. 스스로 내면을 살피며 홀로 온전히 자신에 대해 생각해 볼 수 있는 공간이 누구에게나 필요하다는 생각을 한다.

혼술도 하지만 가끔 지인들을 초대해 같이 마시기도 한다. 1인 가구는 타인을 집으로 초대할 때 집 주인인 나의 허락만 있으면 충분하다. 그 사실을 알고 호시탐탐 방문 기회를 노리는 사람들도 있지만 평소 가족 외 낯선 사람들을 내 공간에 들이는 경우는 드물다.

하지만 늘 그렇듯 예외는 있다. 가끔 지인들을 초대해 임시 하우스 포차를 개장한다. 모 연예인의 홈 바처럼 화려하거나 멋있지도 않고, 요리에 소질도 없는 나는, 포장 음식이나 배달 음식을 어여쁜 그릇에 플레이팅해서 내어주는 것이 전부다. 술은 방문자들이 각자 마시고 싶은 것들로 '셀프 조달'해오는 것이 원칙이다. 대신 명색이 하우스 포차 오너로서 꽃도 한 다발 사서 꽂아두고, 은

은한 향초도 켜서 나의 코지 하우스를 제법 분위기 있는 실내 포차로 변신시킨다.

술자리에서 남녀상열지사는 빠지면 섭섭한 주제다. 최근 '내가 정말 나이가 좀 들었구나!'라고 실감하게 하는 가장 드라마틱한 분야기도 하다. 30대 중반의 남녀상열지사는 20대 때 했던 애정 고민들과 비교도 안 되게 스케일이 커졌다. 어릴 때는 누구와 썸을 타네 마네, 애인과 다퉜네 화해하네, 헤어지네 마네 같은 이야기로 날밤을 꼬박 지새웠다. 나이가 들어 지금 우리가 마주한 현실은 그때 고민하며 흘렸던 눈물이 무색하게 그 농도가 한결 짙어졌다.

'사귄다, 헤어진다'의 이슈는 '결혼한다, 파혼한다, 이혼한다'로 스케일이 커졌다. 연인의 양다리는 배우자의 외도로 판이 커졌다. 상대방과 법적 소송까지 불사하며 힘겨운 시간을 보내는 지인들을 곁에서 지켜보면서, 내가 지금 사는 이 땅이 그동안 발붙이고 계속 살아온 바로 그 지구별이 맞는가 싶어 머리가 '띵' 해진다. 동화책에서는 분명히 '신데렐라는 왕자님과 행복하게 살았어요'에서 이야기가 끝났는데 현실은 엔딩 이후의 이야기들이 눈앞에 날것으로 펼쳐지는 느낌이다.

때론 아무런 티저 예고편 없이 바로 본편으로 들어간다. 'Happily ever after' 이후 이야기로 상처투성이가 되어 내 눈앞에 나타난 지인들에게 처음에는 그 어떤 위로의 말조차 섣불리 건네기 어려웠다.

그저 "우리 집에 올래?"라는 초대와 함께 내 공간을 내어주며 임시 하우스 포차를 여는 것이, 내가 건넬 수 있는 가장 진심 어린 위로였다. 그럴 때 내가 1인 가구라서 다른 가족들의 눈치 볼 필요 없이 그들을 초대할 수 있어 참 다행이라 생각했다.

그나저나 늦게 배운 도둑질에 날 새는 줄 모른다고, 근래 실내 하우스 포차 개업 빈도가 점점 늘어가고 있다. 슬프고 위로가 필요한 순간뿐 아니라, 기쁘고 축하가 필요한 순간에도 성업긴 마찬가지다. 미니멀리즘의 의지가 무색하게 호시탐탐 예쁜 술잔들에 눈독을 들인다. 가끔 친구들과 드레스 코드도 정해서 모이고, 추억이 될만한 사진들도 잔뜩 찍는다. 물론 전부 그 유명한 술톤이라 남들에게 보여주긴 참 민망하지만

'뭐 어떤가. 우리가 행복했으면 그만이지.'

술자리에서 이야깃거리와 고민의 농도가 짙어진 것은 그만큼 우리들이 성장했다는 의미라 생각한다. 지금은 괴롭고 힘들지만 모든 일들이 시간이 지나면 결국 어떤 식으로든 매듭지어질 테니, 기운 내자고 서로를 다독이며 힘을 보탠다.

"그러니까 얘들아, 힘들면 또 이야기해. 하우스 포차 다시 오픈할 테니까. 그런데 인간적으로 큰 집으로 이사 가기 전까지 모든 킵keep은 무리다……."

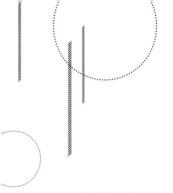

In Seoul

택시 안에서 내다보는 서울의 밤거리가 참 좋다. 특히 광화문, 시청, 서울역 주변 코스를 제일 좋아한다. 눈 깜짝할 사이에 반짝이는 불빛들이 쉴 새 없이 내 곁을 스쳐 지나간다.

반짝이는 도시를 배경으로 한강 다리를 시원하게 질주할 때면 짜릿한 쾌감까지 느껴진다. 쾌청한 하늘 보는 날이 손에 꼽히는 혼탁한 대기, 빽빽한 인구 밀도와 지긋지긋한 교통 체증. 뭐하나 예쁜 구석이 없는 것 같지만 그럼에도 불구하고 괴물 같은 생명력과 에너지를 뿜내는 이곳, 서울.

달리는 택시 안에서 그런 서울을 3인칭 관찰자 시점으로 바라볼 때면, 문득 치열한 대한민국의 수도에서 그래도 이 한 몸 건사하며 10년 가까이 잘 버텨온 것 같아 묘한 성취감이 든다.

비록 내 이름으로 된 집 한 칸 없어도 나도 분명히 이곳의 한 조각이라는 생각에 취한다. 그러나 기분 좋은 착각도 잠시. 금방 화려한 불빛들이 슬프고 공허하게 다가온다. 서로 경쟁하듯이 나를 좀 봐달라고 안간힘을 쓰며 빛을 발하는 모습을 바라보다 보면, 어딘지 피곤하고 고달프게 느껴진다. 꼭 겉모습은 화려하지만 뒤로는 남들에게 뒤지지 않으려고 아등바등 간신히 버티는 내 모습 같다. 한 꺼풀만 들춰보면 추한 민낯이 드러날 것 같다. 그래도 매일 밤, 서로 뒤엉켜 찬란히 반짝이는 모습들을 택시 안에서 멍하니 바라보면, 또다시 그 운치에 취한다. 이런저런 생각들로 머릿속이 복잡해지지만 그럼에도 불구하고 나는 서울 밤 풍경이 좋다.

근래 서울 집값들이 정말 심상치 않다. 호기롭게 나는 절대 포기하지 않을 것이라고, 반드시 서울 하늘 아래 내 집 마련에 성공하겠다고 마음을 굳게 다잡았는데, 그 각오가 바늘에 찔린 풍선처럼 점점 푸시시 힘이 빠진다. 현재 거주하고 있는 집의 전세 재계약 날이 꽤 여유 있게 남았지만 장래 집주인의 전셋값 인상 요구가 벌써부터 걱정이다.

날로 고민이 깊어지자 부모님은 차라리 서울에서 벗어나 경기도에 사는 것이 어떠냐고 제안하셨다. 이미 염두에 두신 집도 있어 우선 구경이라도 한번 가보자는 권유에 못 이기는 척, 부모님과 동행해 수도권의 작은 아파트를 둘러보고 왔다. 지금 집의 전세금과 비슷한 가격이지만 실 평수가 훨씬 넓었고, 무엇보다 거실과 부엌, 침실과 작은방까지 공간 분리가 확실하게 되어 있어 마음이 흔들렸다.

부모님과 살펴본 수도권 모 신축 아파트는 전망도 좋았고 기본으로 설치된 빌트인 가구도 훌륭했다. 환기도 잘 될 것 같았고, 무엇보다 고층 건물의 매끈한 외관이 마음에 들어 어느덧 머릿속으로 이곳에서의 삶을 그려 봤다.

부모님은 비록 내가 미혼이지만 과년한 딸이 이제 남들만큼 제대로 갖추고 살았으면 하는 마음에, 은근히 이곳으로 이사하길 원하시는 눈치다. 그렇지만 서울이 아니라는 점이 못내 마음에 걸렸다. 출퇴근 시간도 어림잡아 편도 1시간, 왕복 2시간이 소요되는데 지금 집에 비하면 무려 2배가 넘는 시간이다.

물론 눈 질끈 감고 마음 굳게 먹으면 절대 못 다닐 거리는 아니다. 그러나 독립 전, 수도권에서 서울로 출퇴근 지옥을 경험하며 많은 시간과 에너지를 길바닥에 버렸던 경험 때문에 선뜻 마음의 결정을 내리지 못했다.

집에 돌아와 탈서울하면 절약한 돈으로 소형차나 한 대 사볼까? 하는 생각에 열심히 계산기를 두드렸다. 하나하나 비용을 따져보니 그것도 그렇게 남는 장사는 아니었다. 부모님 눈에는 현재 내가 좀 부실하게 사는 것 같겠지만, 오히려 지금 집에서 그대로 사는 것이 비용 절감 측면에서 훨씬 낫다는 판단이 섰다. 돈도 돈이지만 경기도로 이사 가면 근처에 마음 통하는 지인 하나 살지 않는 것도 걱정이었다. 혹시 내가 도움이 필요할 때, 한달음에 달려와 줄 내 사람들은 모두 저 멀리 반짝이는 수도 서울에 몰려 있단 말이다. 아무리 집순이로 집에 있는 걸 좋아하지만 어느 날 갑자기 "한강 치맥 콜!"을 외치거나, 인생이 버거운 날에 커피 한 잔 같이 마시며 위로해 줄 지인들과 물리적으로 멀어지는 것이 두려웠다.

주변에서는 흔히 혼자 살면 딸린 식구가 없으니 어디든 자유롭게 떠날 수 있을 것이라고 생각한다. 혼자 살아도 가족이나 동거인 같은 심리적 울타리 없이, 홀로 낯선 곳에 적응하는 일이 제법 부담스럽다. 물론 내가 서울로 지인들을 만나러 와도 되지만 경기도 뚜벅이의 서울 나들이가 얼마나 고된 일인지, 모태 서울 시민들은 모른다. 교통이 발달해 물리적으로 서울 진입 시간이 짧아졌지만 그렇다고 해서 집 근처에서 친구들을 보는 것처럼, 편한 복장으로 슬리퍼 신고 가볍게 떠날 거리는 결코 아니지 않은가. 옛날 같았으면 산 넘고 물 건너 내리 한 달을 꼬박 걸어야 하는 엄청난 거리인데, 이렇게 먼 거리를 이동해 친구들을 만나는 것과 서울 거주민으로 근처에서 가볍게 지인들을 만나는 것은, 심리적 안정감 자체가 다르다. 대학 때와 사회 초년생 시절 경기도에서 서울로 통학, 통근했던 때, 나는 서울에 머무르는 시간 내내 귀소본능으로 똥 마려운 강아지처럼 늘 불안하고 초조했다. 또다시 그렇게 살고 싶지 않았다.

그런데도 내심 남들처럼 제대로 된 집, 가전과 살림살이를 다 갖춘 안정적인 생활을 할 수 있는 기회를 놓치고 싶지 않아, 탈서울과 인서울을 자꾸 저울질하게 된다. 인서울 대학 진학이 인생의 결승점인 줄 알았는데 그 산을 넘으니 이제는 서울 시민이라는 더 큰 산이 눈앞에 있다. 또다시 선택의 기로에 놓인 기분이다.

인서울 거주라는 거대한 산을 과연 내가 넘을 수 있을까?

온전히 내 힘만으로 가능할까? 산을 다 넘지도 못했는데 무리해서 시도하다가 넘지도 못하고 중간에 만신창이나 되지 않을까? 같은 생각에 또다시 심란한 밤이다.

3장

어른이의

성장일지

"우리는 누구나 인생에서 한 번쯤은
원하든 원치 않든,
혼자 살게 되는 순간을
반드시 마주하게 되지 않을까?"

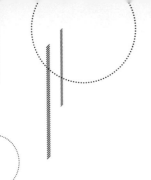

누구나 인생에서 한 번쯤은

할머니가 요양원에 가셨다. 치매를 앓고 있던 할머니를 장남인 아빠가 최근 몇 년간 집에서 간병하셨다. 한 번 발현된 치매는 브레이크가 고장 난 자동차처럼 자꾸 앞으로 빠르게 전진했다. 할머니의 치매 증상이 최근 눈에 띄게 악화됐다. 아빠는 형제들과 의논하여 집 근처 가까운 요양 시설에 할머니를 모셨다. 팔순이 넘은 치매 노모와 매일 반복되는 각종 실랑이와 웃지 못할 해프닝 속에 하루가 다르게 야위어 가던 아빠였지만, 끝까지 노모를 본인 손으로 봉양하지 못하고 요양원에 모셨다는 생각에 계속 마음이 무거우신 것 같았다.

나는 혼자 사는 1인 여성을 생각하면 단연 우리 할머니가 떠오른다. 할아버지는 큰아들인 아빠가 결혼하기 전, 그러니까 내가 태어나기도 전에 이미 돌아가셨다. 자식들이 성인이 되어 일자리를 찾아 타지로 떠난 이후에도 할머니는 줄곧 전라북도 부안군 보안면, 시내에서 한 시간이나 버스를 타고 들어가야 하는 시골 마을, 하입석리라는 곳에서 혼자 농사를 지으며 사셨다.

내 기억이 옳다면 어림잡아 30년이 훌쩍 넘는 시간을 혼자 사셨다. 중간에 아빠와 삼촌들이 간헐적으로 본가에 내려가 할머니와 함께 살았던 때도 있지만 자식들이 모두 출가하여 완전히 서울 근교에 자리를 잡자, 할머니는 다시 혼자가 됐다.

할머니는 내가 언제나 작은 은색 철제 대문을 밀며 "할머니 저 왔어요."라고 하면, 늘 "어서 오니라. 오니라 고생 많았다."라며 한달음에 달려와 반갑게 맞아주셨다. 명절 때마다 할머니 댁에 준비된 각종 음식을 보며 "할머니 댁은 부자인가 보다! 이렇게 먹을 것도 많고."라고 감탄하던 꼬맹이가 어느새 훌쩍 커 어른이 되었다.

그사이 할머니의 낡은 한옥 집은 부모님이 새로 정비해 현대식 전원주택으로 환골탈태했다. 지금은 할머니도 안 계시고, 할머니 댁의 원래 흔적들도 모두 사라졌지만, 여전히 하입석리는 해가 지면 한 치 앞을 분간하기 어려운 고요한 시골 마을이다. 할머니 집터에 새로 지어진 부모님 집에서 저녁을 먹고 칠흑 같은 어둠

이 내린 창밖을 바라볼 때면 '이런 곳에서 할머니는 어떻게 그 긴 시간을 혼자 사셨을까? 무섭지 않으셨을까? 외롭지 않으셨을까?' 라는 생각이 든다.

그렇게 할머니가 혼자 보내셨을 긴 시간에 마음을 쏟다 보니 **'어쩌면 누구나 인생에서 한 번쯤은 혼자 사는 시간을 갖게 되지 않을까?'** 라는 생각이 들었다. 돌이켜 보면 우리 다섯 식구만 해도 모두 한 집에 모여 같이 살았던 시간이 길어봐야 10년이 채 되지 않는다. 아빠는 지방 근무를 하시는 동안 회사에서 마련해 준 사택에서 혼자 사셨고 바로 손아래 동생은 결혼 전 타국에서 생활하며 한동안 1인 가구 생활을 했다. 현재 지방에서 대학에 다니는 막냇동생 역시 학교 근처에서 자취하며 생활 중이고 나 역시 서울에서 혼자 살고 있으니 장장 30년이 넘는 시간 동안 유일하게 엄마만 온전히 집을 지킨 셈이다. 앞으로는 어떻게 될까?

아빠는 할머니를 요양원에 보내고 시시때때로 나와 동생들에게 당부 아닌 당부 말씀을 하신다. 혹 본인이 '이다음에 치매에 걸리거나 조금이라도 거동이 불편해지면 인정에 이끌리지 말고 지체 없이 전문 시설로 보내라고. 괜히 정 때문에, 자식들이 고생하는 꼴을 보고 싶지 않다며, 본인도 그게 편하다며. 대신 꼭 경치 좋은 곳으로 보내 달라'는 단서를 깨알같이 달아 두셨는데 솔직히 웃어야 할지 울어야 할지 난감하다. 연이어 엄마에게도 본인이 생전에는 어떻게든 엄마를 책임지겠지만 '혹시 본인이 먼저 세상을 뜨게 된다면 자식들한테 폐 끼치지 말고 알아서 잘 살라'는 당부도 늘 잊지 않으신다. 엄마가 앞으로 정말 혼자 살아야 하는 순간이 올까?

부모님 미래도 걱정이지만 우리 세대의 노후도 그리 다를 것 같지 않다. 결혼했든 하지 않았든, 자식이 있든 없든 간에 결국 우리는 늙고 병이 든다. 운이 좋고 젊어서 열심히 재산을 모았다면 그 돈으로 좋은 전문 시설에 들어갈 것이다. 예민하고 까칠한 나는 그때도 숙소만은 분명히, 꼭 1인실을 고집할 상상을 하니 피식 웃음이 났다.

가끔 집에 나 혼자라는 생각에 조금 센티하고 우울할 때가 있다. 하지만 이렇게 혼자 사는 지금 이 시간이, 어쩌면 누구나 인생에서 한 번쯤은 꼭 마주하게 될 시간이라고. 이왕이면 매도 먼저 맞는 것이 낫다고, 누구나 인생에서 언제 마주하게 될지 모르는 1인 가구 삶에 대한 예행연습이라고 생각하면 마음이 좀 편안해진다.

결국 우리는 누구나 인생에서 한 번쯤은 원하든 원치 않든,
혼자 살게 되는 순간을 반드시 마주하게 되지 않을까?

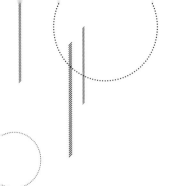

우리는 취향 공동체

요즘 가볍게 시작한 중고 거래에 홀딱 빠졌다. 사실 자취하기 전에는 중고 거래에 그다지 큰 관심이 없었다. 그 바닥에 터줏대감이라는 모 카페는 다양하고 황당한 거래 에피소드들로 유명해, 괜히 뭣도 모르는 초짜가 얼쩡거렸다가는 눈 뜨고 코 베이는 사기나 당할까 두려워 감히 이용할 엄두가 나지 않았다. 그러다 갑자기 혜성처럼 등장한 한 귀여운 중고 거래 앱. 당근을 대표 이미지로 쓰는 귀여운 중고 거래 앱에 입문하여 요즘은 여타 다른 중고 거래 앱까지 두루 섭렵 중이다.

시작은 동생이 기숙사에 들어가며 쓸모없어진 가구와 내가 원룸 자취 시절부터 소소하게 구매했던 생활 가전이었다. 특히 1~2년 정도 사용해 새것은 아니지만 버리기에는 매우 아까운 책상, 서랍, 침대가 타깃이다. 이것들은 부피가 커 혼자 처분하지도 못한 채, 그동안 마음의 짐으로 끙끙 짊어지고 있었다. 속으로는 '저것들 얼른 처리해야지, 처리해야지' 하면서도 막상 처분하려 하면, 아무리 밥 잘 먹는 성인 여성이라도 도저히 혼자서는 감당이 안 될 것 같았다.

'이걸 어쩌지…' 싶어 한숨만 폭폭 쉬고 있는데 앱에서 시세를 살펴보고 적당한 가격에 내놓으니, 순식간에 구매 문의가 쏟아졌고 거래도 일사천리로 진행됐다. 구매자분들이 직접 방문해 뚝딱뚝딱 순식간에 물건들을 가져가니 조그마한 공간에 한층 여유가 생겼다.

내 중고 거래의 으뜸은 주변 동네 거주자끼리 직거래가 가능한 '토끼 밥'마켓이다. 옷깃만 스쳐도 인연이라는데 매번 '물건을 구매하러 오시는 분들은 어떤 분들일까?'라는 기대감에 약속 장소에서 내심 혼자 설렌다. 때로는 나이가 지긋한 아버지뻘 되는 분이 나타나시기도 하고, 젊은 청년들이거나, 어떨 때는 내 눈에는 마냥 애기 같은 귀여운 학생들이 나타나기도 했다. 마치 영화 '뷰티 인사이드'의 주인공처럼 내가 원래부터 알던 사람이지만 매일 새로운 얼굴로 바뀌어 나타나는 존재들을 마주하는 기분이다.

그분들은 '혹시 돈도 못 받고 사기나 당하거나 험한 꼴 당하는 것 아닐까?' 싶었던 내 안전 염려증을 단박에 날려 버리셨다. 준비한 물건을 현장에서 재빨리 살펴보고 정중히 물건값을 내어 주시는데, 자연히 마주한 나도 허리가 굽고 구매자들이 건네는 돈을 공손히, 두 손 모아 받게 된다. 깨끗하게 썼지만 그래도 엄연히 '헌 물건'인데 기꺼이 구매하시고, 오히려 좋은 물건 감사히 잘 쓰겠다고 말씀하시는데 정작 판매자인 내가 몸 둘 바를 모르겠다.

요즘 말로 '쿨 거래'라고 하던데 내가 경험한 거래는 모두 온기가 넘쳤다. 운 좋게 매너 좋은 분들만 만나서 그럴지도 모르겠지만, 이 정도면 아직 세상은 참 따뜻하고 살만한 곳이라며 마음 한구석이 몽글몽글해진다.

부피가 큰 가구를 처리하고 내친김에 미니멀리즘을 실현해 보겠다며 패션아이템도 판매 목록에 올렸다. 한창 멋 부리고 다닐 때 그렇게 가지고 싶었던 주옥같은 아이템들이지만 막상 소유하니 오히려 관심이 시들해진 옷, 신발, 가방, 모자 따위가 처분 대상이다. 실 착용이 3회 이하인 정말 새것 같은 상태 좋은 물건들만 모아 매물로 내놨다. 패션 용품 거래는 가구나 가전과는 느낌이 또 달랐다.

사실 패션아이템은 지극히 '개인의 취향'이 많이 반영된 물건들이 아닌가! 솔직히 '한 개성'하는 내 아이템들의 가치를 단박에 알아봐 주고 선택해 주는 분들에게 마음속으로 찐~한 유대감을 느꼈다.

가장 기억에 남는 건 모 신진 디자이너의 바지를 팔 때였다. 사실 그 바지는 살을 빼면 반드시 입고 말겠다는 마음으로, 반품의 유혹을 싹부터 잘라버리고자 구매 후 과감히 택부터 제거하고 보관했다. 그러나 근래 불어난 몸무게 때문에 도저히 안 되겠다 싶어 눈물을 머금고 포기한 바지다. 게시글을 올린 지 3분도 안되어 곧바로 근처에 거주하는 분이 구매 의사를 표했다. 30분 뒤에 만나기로 하고 산책 겸 가볍게 걸어 직거래 장소로 향했다. 상대방은 한눈에 척 봐도 멋쟁이 포스를 풍기는 스타일리시한 20대(로 추정되는) 여성이었다. 그분은 상품을 보고 거래 감사하다며 돈과 마스크까지 한 장 건네주셨다.

속으로 '아이고~ 바지가 드디어 제대로 된 주인 만났네!'라고 생각했다. 마음 같아서는 초면에 두 손 맞잡고 "제 과분한 욕심에 빛도 못 보고 장롱에서 썩을 것 같았던 멋쟁이 바지를 구원해 세상에 나오게 해 주셔서 오히려 제가 더 감사합니다."라고 말하고 싶었지만 오지랖 넓은 동네 언니의 주책 같아서 말을 삼켰다. 대신 "정말 잘 어울리실 것 같아요! 감사합니다!"라고 말씀드리고 집으로 돌아왔다.

귀갓길 내내 나와 '동일한 취향'을 가진 것 같은 그녀에게 혼자 무한한 친밀감을 느꼈다. 회사-집-회사-집 다람쥐 쳇바퀴 같은 생활을 하며 직장 동료, 가족이나 편한 친구들과 주로 시간을 보내는 요즘, 중고 거래는 나와 같은 '취향 공동체'를 발견하고 만나는 재미를 알려준 소소한 즐거움으로 거듭났다. 시작은 1인 가구로 공간을 한 뼘이라도 넓게 쓰고자 시도해 본 중고 거래였는데 근래 새로운 삶의 활력소가 됐다.

어떤 물건을 보고 나와 똑같이 '멋있다! 가지고 싶다!'라고 느끼는 유사한 취향을 가진 사람들.
눈에 보이지 않지만 분명히 무언가로 연결된 사람들을 만나는 재미에 흠뻑 빠졌달까!

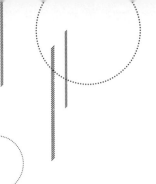

엄마의 믹스커피

엄마는 집안일을 마치고 꼭 거실 소파에 앉아 커피믹스를 한 잔씩 타 드셨다. 어릴 때는 그게 어찌나 탐나던지, 엄마한테 한 입만 달라고 간절히 애원해 겨우 몇 모금 얻어먹곤 했다.

고작 한 모금 정도의 커피를 소중히 아껴 조금씩 홀짝이는데 어찌나 맛있던지. 빨리 어른이 되어 대접에 사발로 마시고 싶었다. 그런데 막상 성인이 되자 인스턴트커피 특유의 달큰하면서 찐득한 맛이 영 입에 맞지 않았다. 대신 쌉싸름한 아메리카노를 진정한 어른들의 커피라고 생각하며 하루에도 몇 잔씩 들이켰다.

본가에 가면 엄마의 믹스커피는 여전히 상자째 부엌 한구석에 당당히 자리를 차지하고 있다. 엄마는 몇 년 전 건강 문제로 식단 조절을 하며 겨우 믹스커피와 이별을 고했지만 여전히 그리우신 모양인지 커피를 완전히 치워버리지 못하고 가끔 한 잔씩 몰래 드신다. 맛있는 원두커피들을 사다 드려도 멀리하고 늘 믹스커피 한 봉을 선호하신다.

엄마는 대체 왜, 그놈의 믹스커피를 끊어버리지 못할까? 이해가 되질 않았다.

시간이 흘러 독립해보니 가사 노동은 정말 가사 '노동'이었음을 뼈저리게 깨달았다. 집안일은 도무지 끝이 없었고 제때 하지 않으면 삶이 피폐해졌다. 주변에서는 살림도 '아이템발'이라고 가사 노동의 수고를 덜어주는 각종 소형 가전들을 권했지만, 코딱지만 한 집에 그 모든 것들을 구비하기란 가당치 않았다. 엄선해서 몇 가지 아이템을 구매했으나 그렇다고 해서 기계들이 저절로 작동되는 것도 아니었다. 내가 여기저기 놓아둔 물컵들을 싱크대로 가져다주지도 않았고, 넘치는 재활용품과 쓰레기를 자동으로 버려 주지도 못했다.

아무리 좋은 청소기를 구입해도 결국 내가 주기적으로 먼지통을 비워야 했고, 빨래와 건조는 기계 몫이라 쳐도 빨랫감을 넣고 꺼내고, 정리해서 옷장에 넣는 일은 순전히 내 몫이었다.

세탁소에 제때 드라이클리닝을 맡기고 찾아오는 것도 은근히 번거롭고 피곤한 일이었다. 식료품을 구매하는 것도 아무리 새벽 배송이다 정기배송이다 하지만 결국 문 앞에 놓인 엄청난 박스를 하나하나 언박싱하고, 내용물을 정리한 후 포장재를 분리수거하는 것은 결국 내 몫이다. 가사 노동은 다양한 자동 아이템들 속에 결국 넘쳐나는 수동 시스템으로 돌아가게 설계되어 있었다.

집안일의 또 다른 문제는 귀찮고 하기 싫다고 마냥 미루거나 외면할 수 없다는 점에 있다. 최대한 효율적인 방법을 찾고 스스로 적당한 선에서 타협해 빨리 무한 노동의 굴레에서 벗어나는 것이 최선이다. 나는 주로 이틀의 황금 같은 주말 중 하루를 온종일 집안일에 할애한다. 평일에는 최대한 사람이 거주하지 않는 것처럼 유령 코스프레를 하며 생활한다. 되도록 아무것도 만지지 않고, 손댄 것들은 바로바로 치우거나 그 자리에 그대로 놓아서 치울 것이 쌓이지 않도록 노력한다.

솔직히 보통 노력이 아니다. 아프거나 컨디션이 안 좋을 때는 만사가 다 귀찮아져 '에라 모르겠다' 모드로 변해 금방 난장판이 된다.

비용을 지불하고 그냥 청소 용역 서비스를 받을까? 싶어 결혼한 친구들이 권하는 앱들을 이리저리 기웃거려 봤다. 그런데 혼자 사는 집에 낯선 사람을 부르는 것도 무섭고, 무엇보다 자그마한 집에서 청소하시는 분을 피해 걸리적거리지 않게 숨어 있을 장소도 마땅치 않았다. 이쩔 수 없이 내가 수용 가능한 '깨끗함'과 '쾌적함'의 온도에 맞춰 무소의 뿔처럼 묵묵히 혼자 집안일을 하는 수밖에 없다.

그러던 어느 날, 엄마의 믹스 커피에 대한 무한 애정을 알 것 같은 날이 있었다. 여느 때처럼 분주히 집안일을 마치고 샤워까지 한 후, 보송보송한 기분으로 침대에 걸터앉았다. 날아갈 듯 기분이 좋긴 했는데 어딘가 마음 한구석이 좀 허전했다.

갑자기 무슨 바람이 들었는지 믹스커피 한 봉지를 타서 홀짝여보니 특유의 달큰한 향과 맛이 혀끝에 기분 좋게 감겼다. 집안일로 지치고 고된 심신을 노곤노곤하게 위로해 주는 것 같아 천천히 시간을 들여 조금씩 음미했다.

'이게 무슨 느낌이지? 이 묘한 안정감은 뭐지? 일시적인 착각인가?' 싶어 그 다음 주에 집안일을 마치고 아메리카노 한 잔을

진하게 내려 마셔봤지만 영 그때 그 느낌이 나지 않았다.

얼른 다시 믹스커피를 타서 홀짝이자 곧 심신의 평안이 찾아왔다. 그제야 '이거였군. 엄마가 믹스커피를 포기하지 못한 이유가 바로 이거였어!'라는 생각이 들었다.

하루 종일 가사 노동에 시달리던 엄마가 선택한 일상의 작은 여유와 위로.

그것이 바로 인스턴트커피 한 봉지였다는 사실을 이제야 깨달았다.

요즘에는 장을 볼 때 작은 믹스커피 한 상자를 꼭 챙기는 편이다. 너무 자주 홀짝이면 애써 식단 조절하고 운동한 것이 무용지물이 될 수 있으므로 가끔, 아주 가끔씩 애용한다. 가령 창틀까지 닦아야 하는 고된 대청소를 하는 날, 이불 빨래를 하는 날, 계절 변화로 옷장 체인지까지 하는 날처럼 집안일 스케일이 커지는 바로 그때. 모든 가사 '노동'을 마치고 믹스커피 한 봉지를 타서 천천히 음미한다.

"그래. 바로 이 맛이야."

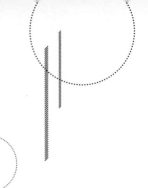

나의 반려伴侶 대상

짝이 되는 동무 '반려伴侶'에 대해 생각해 본다. 반려자를 찾아 헤매는 삶, 그러다 운 좋게 반려자를 만나면 정착해 반려동물까지 함께 사이좋게 늙어가는 삶. 내게는 아직 요원한 미래다.

1인 가구 중에도 반려견이나 반려묘와 함께 사는 지인들이 부쩍 많아졌다. 혼자 있다 보면 생기는 외롭고 쓸쓸한 감정을 반려동물과 나누면 마음이 한결 편안해진다고 하는데, 솔직히 나는 동물들이 무섭다. 남들보다 머리 하나는 커다란 덩치를 가지고 강아지나 고양이를 무서워하는 나를 보며 친구들은 "네가 더 무섭다"고 놀리지만 어릴 때부터 본능적으로 동물들을 무서워했다.

나이가 들며 조금씩 동물들에게 친밀한 감정이 들긴 했지만 그래도 여전히 반려동물을 들일 계획은 없다. 나 이외에 다른 생명체를 책임지고 돌보는 일이 아직까지 자신이 없다. 나이가 지긋한 노견, 노묘를 돌보는 지인들을 보며 반려동물과 함께하는 삶도 결코 만만치 않은 일임을 깨달았다. 그래서 반려동물 키우는 일이 더욱 자신이 없어진 것도 사실이다. 스스로 이 한 몸 삼시 세끼 차려 먹고 사시사철 깨끗한 옷 차려입고, 행여 몸 한 군데 아프지 않도록 돌보는 일도 여전히 서툴고 능숙하지 못하다. 또 내가 거주하는 공간은 반려동물과 같이 살기에 전혀 적합한 곳이 아니다. 소음으로 이웃에게 괜히 피해를 줄 수 있으며, 반려동물 입장에서도 하루 종일 이 작은 빈 공간에서 주인을 기다려야 하는 삶이 그리 만족스러울 것 같지 않다.

반려동물만큼이나 최근 반려식물 바람도 뜨겁다. 한동안 나도 동물 대신 식물이라도 키워볼까 하여 여기저기서 정보를 귀동냥했다. '무슨 식물은 가끔 물만 잘 줘도 잘 산다더라, 어떤 식물은 실내 공기 정화에 좋다더라, 또 어떤 식물은 꽃이 참 예쁘고 향기가 좋다더라. 심지어 어떤 식물은 식용으로 먹어도 된다더라' 같은 반려식물 후보군에 대한 깨알 같은 정보를 모으며 열심히 인터넷 검색도 해보고 식물 시장도 기웃거려 봤다. 하지만 보통 야외에 있는 것이 자연스러운 흙을 화분이라는 작은 공간에 덜어 식물

과 함께 거주 공간인 실내로 들여오는 것에 나는 이상하게 거부감
이 있다. 뭔가 자연의 순리를 거스르는 행동 같아서 계속 망설이
기만 하다가 한 계절이 훌쩍 지났다. 친구들은 흙을 집 안으로 들
이는 것이 싫으면 수경재배하는 식물은 어떠냐고 했지만 물에 담
가 두는 식물은 생화로 족하다.

　반려동물도 무섭고 반려식물도 싫고 반려자도 못 찾은 나는,
그럼 앞으로도 계속 집에서 뭐 하나 마음 붙일 존재 없이 외롭고
쓸쓸한 마음을 혼자 견뎌야 하는 걸까? 생각하다가 문득 '반려伴侶
대상으로 삼는 것이 꼭 사람이나 동식물 같은 유한한 생명을 가진
것들이어야 할까?'에까지 생각이 닿았다. 굳이 생물로 범위를 제
한하지 않고 무생물까지 범위를 확대해 보면 어떨까? 집 안을 둘
러보다 나는 금세 나만의 반려伴侶 대상을 찾았다.

　책장을 가득 메우고도 모자라 집 안 곳곳에 조그만 첨탑처럼
쌓여있는 책들. **나는 이들을 나의 반려 대상자. 일명, '반려伴侶도
서'로 삼기로 했다.** 똑같은 책도 나이가 들어 다시 읽어보면 어릴
때 미처 발견하지 못한 깨달음이 폭풍처럼 몰아쳐, 내가 정녕 이
책을 읽었다고 말할 수 있는 것인지 혼자 얼굴을 붉히게 된다.

분명히 여러 번 읽어 그 내용을 빠삭히 알고 있다고 자부한 책들도 시간이 지나 다시 읽어보면 여지없이 새로운 면모를 발견하게 된다. 매번 마주할 때마다 새로운 면을 보여주니 평생을 질리지 않고 의지하며 마음을 나눌 대상으로 삼아도 손색없겠다는 생각이 들었다. 반려도서들의 돌봄 행동이라고는 그저 물에 젖지 않도록 주의하고, 강한 빛에 노출시키지 않고, 책이 구겨지거나 파손되지 않도록 잘 정리하여 두는 것이 전부다. 인생에서 평생토록 그 일 하나만은 큰 힘을 들이지 않고 잘 할 수 있다는 확신이 들었다.

그러니 만약 이 글을 읽고 있는 독자가 1인 가구로 현재 반려자, 반려동물, 반려식물이 없다 해도 크게 상심하지 말았으면 한다. 사회에서 반려 대상으로 일반적으로 언급되는 것들 말고, 나처럼 전혀 새로운 것들을 반려 대상으로 삼으면 된다. 까짓 그마저도 아직 없어도 또 어떤가! 앞으로 내게 제일 잘 맞는 걸 찾아내면 된다. 그러니 본인의 반려伴侶 대상에 대한 주변에 쓸데없는 오지랖들을 반려返戾, return하고, 내 평생의 동무가 될 대상들을 남들 눈치 보지 말고 스스로 부지런히 찾아봤으면 한다.

당신의 반려 대상이 무엇이 되었든, 당신을 응원한다.

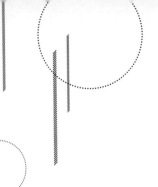

그 많던 월급들은 다 어디로 갔을까?

처음 독립하면서 아빠 승용차에 고작 박스 몇 개 가지고 이사한 것 같은데, 문득 주변을 돌아보니 언제 이렇게 살림살이가 늘었나 싶다. 앞으로 또 이사하게 된다면 작은 용달 트럭 가지고는 어림 반 푼어치도 없을 것 같다.

한동안 나는 '**무려 몇 년을 열심히 일했는데 왜 이렇게 수중에 모아 놓은 돈이 적지?**'라는 생각에 매일 밤 혼자 자책하며 괴로워했다. 그쯤 친한 친구들이 결혼을 준비하며 그간 본인들이 모아놓은 종잣돈에 대해 자연스럽게 오픈하는 경우가 많았다.

내 기억에는 분명히 비슷한 연봉에서 출발한 것 같은데, 친구들이 모았다는 금액은 내가 쥐고 있는 돈에 비하면 대부분 월등히 많아 심한 자괴감이 들었다. 이미 다 엎질러진 물이라고 남들과 비교해 봤자 나만 손해라고 아무리 마음을 다잡아도 전혀 괜찮아지지 않았다. 오히려 자책의 강도만 날이 갈수록 세졌다. 친구들에게 말하기도 부끄럽고, 부모님께 말해봤자 여전히 철없고 야무지지 못한 딸내미 취급이나 당할 것 같아 혼자 속으로 삭이며 끙끙 앓았다.

그러던 어느 일요일 오후, 나른한 햇살에 취해 꼼짝하지 않고 이불 속에서 누에고치처럼 눈만 뻐끔거리며 주말의 여유를 즐겼다. 가만히 번데기처럼 웅크리고 있자니 문득 집 안의 모든 물건이 천천히 시야에 들어오기 시작했다. 옷장에 걸린 빼곡한 옷들, 그 위 수납 상자에도 차곡차곡 쌓여 있는 다른 계절의 옷들, 책장 가득히 꽂다 못해 흘러넘쳐 바닥에 탑을 쌓은 책들, 각종 화장품과 책상, 노트북, 아이패드 같은 것들이 눈에 들어왔다. 매일 보던 물건들인데 그날따라 참 묘하게 이질적으로 느껴졌다.

시선을 부엌 쪽으로 돌리니 싱크대 너머 찬장이 보인다. 꽉 닫혀 있는 찬장이지만 머릿속으로 그 안에 놓인 것들을 하나둘 떠올려 본다. 들쭉날쭉하지만 그래도 없으면 안 되는 소중한 식기들, 각종 조미 재료들, 텀블러들, 비상 식품들과 텅 빈 반찬 통들이 떠오른다. 내친김에 그 옆에 냉장고, 그리고 전자레인지, 에어프라이기, 전기밥솥, 커피포트 등 소형 주방 가전에도 빼먹지 않고 골고루 눈길을 준다. 그리고 한쪽 구석에 자리를 차지하고 있는 제습기와 무선 청소기, 휴지, 물티슈, 각종 생활용품들이 빼곡히 쌓인 다용도 수납함까지 가만히 훑어봤다.

나름대로 없는 게 없다. 혼자 산다고 해서 불편할 것 하나 없이 '참 열심히, 개미처럼 많이도 모았구나. 그러니까 이렇게 돈이 없지.' 여기까지 생각이 미치자 '이젠 하다 하다 방구석에서 혼자 정신 승리나 하고 있구나' 싶어 슬며시 웃음이 나왔다. 그때 전광석화처럼 뇌리를 스치는 생각 하나.

'아! 이 집에 이제 더 이상 엄마 아빠 도움 받은 것들이 하나도 없구나. 속옷에 양말 한 짝, 숟가락, 젓가락 한 쌍까지 전부 내 힘으로 마련해 채웠구나!'라는 생각이 들었다.

대체 언제부터 그렇게 됐지?

사실 독립 초에 가지고 있던 물건들은 당연히 부모님이 마련해 주신 것들이었다. 대학 때 입던 옷가지부터 시작해 본가에서 가져온 물건의 구매 자금 출처를 하나하나 떠올려보면 당연히 부모님 지갑으로 귀결된다. 부모님 댁에 더부살이하면서 엄마 아빠가 사 주신 물건을 그저 내 것으로 착각하고 독립하면서도 자연스럽게 날로 들고나온 셈이다. 그런데 바로 그날, 문득 집 안 살림살이들을 찬찬히 살펴보다 보니 과거 부모님의 흔적들이 대부분 사라져 있었다.

엄마아빠가 사주신 학생 때부터 입던 옷과 신발들은 회사 생활을 하며 자연스럽게 내가 새로 구매한 옷들로 교체됐다. 몰래 하나씩 부모님 집에서 가져왔던 세간살이들도 시간이 지나 내 취향의 살림살이들로 자연스럽게 교체됐고, 가전들도 모두 업그레이드됐다. 중간에 집을 옮기며 대대적으로 가구도 변화가 있었다. 그렇게 부지런히 번 돈으로 또다시 세간살이들을 열심히 그러모아 지금의 보금자리를 채웠다. 온전히 내 힘으로 그 모든 것들을 이뤘다고 생각하니, 갑자기 울컥 눈물이 핑 돌았다. 스스로가 기특한 동시에 대견했고, 이렇게 갖추기까지 혼자 얼마나 고군분투하며 힘들었을지 생각하니 갑자기 내 자신이 안쓰러워졌다.

'모두 내가 산 거야. 내 힘으로 일해서 힘들게 번 돈으로 산

거야.'

그런 생각이 들자 하염없이 눈물이 났다.

'고생했다. 나 진짜 고생했어.' 아무도 알아주지 않지만 혼자 이만큼이나 일구려고 정말 애썼다. 고작 박스 두어 개에서 시작해서 이렇게 이루다니! 정말 기특하고 대견하다는 생각이 들었다.

어쩌면 내 무의식이 상처받지 않기 위해 다분히 자기방어적으로 생각한 것인지 모른다. 얄팍한 통장 잔고를 탓하며 스스로 자존감을 갉아먹는 일을 막기 위해서 말이다. 그런데 그러면 또 어떤가, 아무리 셀프 정신승리라고 해도 그동안 열심히 혼자 삶을 꾸려 왔던 시간들은 분명히 내 힘으로 이룬 성취다.

그렇게 '지금도 잘하고 있다고, 앞으로도 잘할 것이라고'
오늘도 스스로 다독이며 다시 한번 마음을 다잡는다.

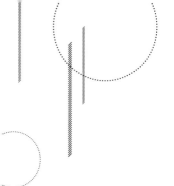

맥시멀리즘과 미니멀리즘, 그 중간 어드매

군이 분류하자면 미니멀리스트보다 맥시멀리스트에 가까운 나는 요즘 '비워 내기'에 집중하고 있다. 문득 내가 살고 있는 곳을 둘러보면 '언제 이렇게 샀지?' 싶은 물건들을 한가득 발견하고 소리 없이 놀랐다. 가전제품들을 빼면 중고 거래로 되팔아 봤자 고작 5만 원도 받기 어려워 보이는 물건들이 수두룩하다. 그중에는 나름대로 소중한 추억을 담은 애착 어린 물건들도 있지만 그것들만 따로 추려봐도 고작 한 줌이다. 가뜩이나 작은 공간을 차지하고 있는 물건들을 자세히 살펴보면 꼭 필요한 것들도 있지만 '내가 고작 이런 것들을 위해 근 십 년 가까이 비가 오나, 눈이 오나, 바람이 부나 어김없이 정시 출근하는 생활을 했나' 싶어 현타 오는 물건들도 제법 많았다.

'만약 이것들을 사지 않았다면 나는 부자가 됐을까?
서울에 집을 살 수 있었을까?'

불행인지 다행인지 무섭게 치솟은 서울 집값은 내가 그동안 받았던 월급들을 한 푼도 안 쓰고 고스란히 모았다 해도, 집을 구매하기에 턱없이 부족한 금액이라 오히려 묘한 안도감을 선사했다.

'그래 어차피 노력한다고 될 게 아니었다. 그동안 열심히 벌어서 신나게 쓰느라 행복했으면 됐다.'란 생각으로 마음을 추스른다. 남들은 실속 있고 야물딱지게 사는데 나만 물색없이 덜떨어진 모지리로 산 것 같아, 자책하고 괴로웠던 마음에 또다시 이렇게 면죄부를 준다.

내친김에 요즘 '미니멀리즘'과 '비워 내기'가 트렌드니 이참에 나도 물건들을 좀 정리해야겠다는 생각이 들었다. 쓸만한 물건은 중고 거래로 팔고, 딱히 마음이 가지 않는, 지금 내 삶에 무용한 것들을 미련 없이 처분했다. 그러는 동안 나만의 개똥 철학이 하나 생겼다.

'진정한 미니멀리즘을 실현하려면 일단 맥시멀리즘을 찍어야 하는 것이 아닐까?'

취직해 본격적으로 돈을 벌기 시작하면서 해가 다르게 씀씀이가 커졌다. 어릴 때부터 워낙 옷이라면 사족을 못 쓰던 동네 멋쟁이로 당연히 의복 관련 지출이 제일 컸다. 옛날 사진첩을 열어보면 고스란히 흑역사로 박제된 옷차림도 있지만 그땐 누가 뭐래도 하고 싶은 대로 다양한 스타일링을 시도하는 것이 참 즐거웠다. 헤어 스타일 바꾸는 것도 좋아해서 시도 때도 없이 볶았다, 폈다, 잘랐다, 염색하길 반복했다. 오죽하면 친구들이 '제발 머리 좀 가만히 내버려 두라고, 그러다가 머리카락 다 바스러진다'고 통사정하며 뜯어말릴 정도였을까.

버는 돈의 대부분을 외양 꾸미기에 쏟으며 꾸준히 열정을 불태우다 보니 20대 후반쯤 뜻밖의 소득이 생겼다. 마침내 내게 어떤 스타일이 찰떡인지 소위 '말하지 않아도 알아요~' 수준에 도달한 것이다. 그제서야 나는 비로소 의복 관련 소비를 줄일 수 있었다.

이미 기본 아이템들도 충분했고 스타일 취향과 선호하는 브랜드가 확고해, 굳이 새로운 것을 찾아 헤매지 않아도 필요한 것만 족집게처럼 집어낼 수 있게 됐다. 나만의 스타일이 자리를 잡고 난 후 사귄 친구들은 한결같이 "어디서 그렇게 찰떡같은 옷들을 귀신같이 사 오냐"며 혀를 내두르지만, 정답은 그간 수없이 내게 강림

161

한 지름신과 부끄러운 흑역사를 남긴 과감한 실험 정신에 있다.

스타일링의 맥시멀리즘을 찍고 다시 미니멀리즘을 추구하다 보니 깨달은 것이 있다. 무언가 정리하고, 버리고, 새로 취하는 데 한 톨의 낭비 없이 정말 '똑쟁이' 같은 선택을 하려면 일단 그 분야에 대해 '뭘 좀 알아야' 한다. 경험이 부족하고 취향이 빈곤하면 설익은 선택을 하게 되고 결국 금전적으로도 손해가 발생한다. 그러니 소비에도 연습이 필요하다. 그런 맥락에서

'일단 맥시멀로 최정점을 찍어야, 스스로 정말 좋아하고 필요한 것들만 취할 수 있는 혜안을 갖게 되고, 그제서야 진정한 미니멀리즘을 실현할 수 있는 경지에 도달하는 것이 아닐까?'

지금 내 삶에서 제대로 미니멀리즘을 실현할 수 있는 영역은 의복을 포함한 패션소품, 화장품 그리고 여행 정도다. 옷과 마찬가지로 쿨톤, 웜톤 구분이 보편화되기 훨씬 전부터 각종 색조 화장품들을 열심히 찍어 발라보며 나는 쿨톤형 인간이라는 것을 일찌감치 체득했다. 지금은 풀 메이크업이 필요한 순간에도 바로 그 위치, 바로 그 자리에 딱딱 대기하고 있는 주옥같은 아이템들만

모은 단출한 파우치 하나면 충분하다. 더 이상 크게 필요 없고 내게 잘 어울리지도 않는 시즌별 색조 신상품을 부지런히 사 모으지 않고 한정판을 구매하지 못해 애가 타지도 않는다. 또 틈만 나면 산으로 강으로 부지런히 떠났던 여행은 내가 좋아하는 공간, 선호하는 여행 스타일, 꼭 필요한 여행 용품이 무엇인지 깨닫게 해줬다. 모두 그동안 피 같은 월급을 와르르 쏟아 부으며 발바닥에 땀이 나도록 돌아다니며 알게 된 것들이다. 그런 경험들이 있어 비로소 지금 나는 가벼워졌다.

그러나 애석하게도 아직 여전히 미지의 영역들이 넘친다. 패션계와 뷰티계, 여행계를 정복했지만 독립하고 나서야 비로소 맞닥뜨린 주방, 가전용품. 그놈의 두루뭉술한 '라이프스타일계' 영역에서 나는 또다시 부지런히 월급을 헌납하는 중이다. 비록 새로운 분야에서 또 신나게 방황 중이지만, 언젠가는 내 삶의 모든 영역에서 나만의 미니멀리즘을 완벽히 가동할 수 있는 날이 올 것이라 믿는다.

나만의 완벽한 미니멀리즘을 위해,
일단 나는 오늘도 지른다.

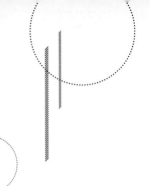

주린이 부린이, 그리고 어른이

주식 초보와 부동산 초보를 어린이에 비유하는 주린이와 부린이란 말이 더 이상 낯설지 않다. 나 또한 '주린이'이자 '부린이'로서 근래 '돈'과 '투자'에 온 신경 세포 하나하나가 과민하게 반응한다. 독립하고 직접 가계 경제를 책임지며 부쩍 '돈MONEY'에 대한 각가지 상념도 늘었다.

돈은 수단일 뿐이지 목적이 아니라는 사실을 머리로는 이해하지만, 누군가 주식과 부동산에 투자해 많은 돈을 벌었다고 하면 사촌도 아닌 생면부지 남인데도 심장이 사정없이 쿵쾅거린다. 나도 빨리 남들처럼 성공해야 한다는 초조함에 일상에서 습관적으로 모바일 증권 거래 앱을 켜고 끈다. 빨간 불, 파란 불 등락과 함께 내 마음도 롤러코스터처럼 하늘로 치솟고 땅으로 곤두박질친다.

부동산은 또 어떤가. 하루가 다르게 각종 규제와 정책이 쏟아져 아무리 주의를 기울여 정신을 똑바로 차리고 돌파구를 찾아보려 애를 써도, 금세 혼란스러움에 머리가 아파온다.

각종 복잡한 룰 속에 나만 허우적거리는 바보가 된 것 같아 자괴감이 든다. 그 와중에 초조하고 불안한 마음마저 1+1처럼 달라붙어 밤잠을 설치기 일쑤다.

각설하고, 일단 돈을 벌어야 한다. 돈을 버는 시간에는 돈을 받는 대가로 체결한 계약 행위에 집중해야 한다. 가령 나 같은 월급쟁이는 근로 계약을 맺은 시간에 회사의 이윤 창출을 위한 일에만 집중해야 한다. 그렇게 벌어들인 돈을 지키는 것이 공격적인 투자 만큼이나 중요한 것 같다. 수비 전략으로 내 주머니에 들어온 돈이 최대한 밖으로 새 나가지 않게 집중해보아도, 나의 지갑을 호시탐탐 노리는 유혹의 손길이 도처에 널렸다. 유혹에 넘어가 소중한 돈을 탕진하지 않도록 정신을 바짝 차려야 한다.

돈을 버는 행위가 1차 관문이라면, 욕망과 충동을 억누르며 돈을 지키는 것이 2차 관문이다. 살면서 이 두 가지 미션을 무한히 반복 수행해야 하는데 솔직히 그것만으로도 인생은 충분히 녹록지 않다.

그런데 최근, 3차 관문까지 추가됐다. 이제 주식, 부동산, 가상화폐 등 각종 유무형 자산에 투자해 수중의 돈을 직접 불리지 않으면 도저히 살아남을 수 없을 것 같은 치열한 시대에 살고 있다.

주변을 둘러보면 사방이 온통 투자 이야기뿐이다. 1차, 2차 관문을 차례로 통과한 후, 호흡을 좀 가다듬고 3차 관문을 순서대로 통과하는 시스템이라면 사정이 좀 낫겠다. 그러나 인생이 그렇게 호락호락한가! 마치 저글링 하듯 양손에 돈 벌기, 지키기, 투자하기 이 세 개의 공을 한꺼번에 공중에 던지고 받으며 전진해야 한다. 내 손 위의 공 하나하나의 무게가 절대 가볍게 느껴지지 않는다. 너무 버거워 그냥 다 던져버리고 싶을 때도 있다. 그러나 당장 내일 핵 전쟁이 일어나 모든 것이 가루가 된다 해도, 오늘만은 잘 살고 싶은 마음에 세 개의 공을 어떻게든 부여잡고 힘겹게 발걸음을 내딛는다. 한 개의 공이 떨어지면 다시 주워 새로 시작한다.

내가 가장 자주 땅에 떨어트리는 공은 마지막에 추가된 '투자하기' 공이다. 지난 10년간 일하며 '돈 벌기' 공은 능숙하게 던지고 받아낼 수 있게 됐다. 독립한 지 약 5년이 되자 '지키기' 공까지 동시에 던지고 받는 데 어느 정도 단련이 됐다. 하지만 마지막

'투자하기' 공은 저글링 대열에 끼워 넣은 지 이제 갓 1년이 조금 넘어 걸핏하면 실패한다.

그렇다고 제일 취약한 마지막 공에 집중해서만은 안 된다. 학창 시절을 떠올려 보면 제일 취약한 과목에 매진하느라 원래 잘했던 과목을 신경 쓰지 못해, 결국 모의고사 총점은 그전과 똑같아지는 일이 발생하지 않는가! 머니 저글링도 마찬가지다. 취약한 공 말고 다른 공들도 땅에 떨어트리지 않게 집중해야 한다.

어릴 때 막연히 상상한 30대는 결코 이런 모습이 아니었다. 세상 순리를 깨달은 현명한 어른이 되어 있을 줄 알았는데, 실상은 몸만 컸지 여전히 철없고 미숙한 내 모습을 마주할 때마다 가끔 실소가 터진다. 그럴 때면 어른과 어린이의 중간쯤 되는 어른이 상태는 비단 나뿐이 아닐 거라는 마음으로 정신줄을 꽉 부여잡는다.

지금은 주식과 부동산 분야에서 어린이로 고군분투하고 있지만, 앞으로 또 인생에서 여전히 '어린이'가 되는 부분이 또 새로 나타나지 않을까? 그러니 40살이 되어도, 50살이 되어도, 60살이 되어도 인생에서 '그 나이는 모두 처음'이라는 어느 여배우의 말처럼 매번 미숙한 것도 당연하다.

'괜찮다. 다 괜찮다. 남들도 다 똑같다.'

그러니 실패했다고 좌절하지 말고 툭 털고 일어나 바닥에 떨어진 공을 다시 허공에 던져보자.

어른이 생활도 계속하다 보면 언젠가는 내가 꿈꾸던 진정한 어른이 되어 있겠지. 그러니 조금만 더 힘을 내자.

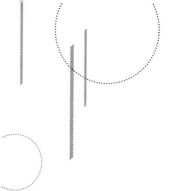

내 시간의 주인

독립해서 좋은 점 TOP 3 중 하나는 단연 내 의지대로 시간을 쓸 수 있다는 점이다. 노동 시간을 제외하면 나머지 시간들은 대부분 내가 계획한 대로 사용할 수 있다.

가족들 혹은 동거인이 있다면 가지기 어려운 일종의 '1인 가구의 특권'이다. 과거에 부모님과 함께 살 때 아무리 내가 방문을 꼭 닫고 내 방에 혼자 틀어박혀도, 더부살이 신세인 이상 부모님의 수면과 식사 패턴을 따라야 했다. 때론 중년의 라이프스타일과 한창 꿈 많은 청년의 라이프스타일이 부딪히며 종종 분란이 일어나기도 했지만 어쩌겠는가, '불만 있는 중이 절을 떠나야지'라는 옛 성현의 말처럼 부모님 댁에서 더부살이하면 어쩔 수 없이 감내해야 하는 부분이다.

혼자 살면 나만의 '라이프스타일 시계'를 가지게 되니 드디어 문제가 해결될 줄 알았는데, 아이러니하게도 혼자 산다는 이유로 내 시간을 다른 사람들이 쉽게 넘본다.

"너는 혼자니까 좀 일찍 와서 도와줄 수 있지?"
"너는 혼자만 오면 되니까 네가 이쪽으로 오면 되겠네."
"너는 혼자니까 방 같이 쓰자."

제일 가까운 가족 사이에서도 혼자인 사람은 오히려 언제든 쉽게 이용 가능한 24시간 편의점처럼 진입 장벽이 낮다. 이미 출가해 배우자가 있는 자녀들에게는 서로 시간을 조심스럽게 묻고 조율하면서, 왜 나 같은 1인 가구는 고려 대상에서 쉽게 제외되는지. 심지어 일방적으로 일정을 통보 받는 경우도 허다하다.

가족 여행을 포함한 각종 집안의 대소사에서 왜 기혼 자녀들은 늘 '가족' 단위로 고려되고 나 같은 사람들은 '개인' 단위로 고려되는지 속상한 일이 한두 번이 아니다. 그렇다고 대놓고 이의 제기를 하면 영락없이 속 좁고 이기적인 인간으로 낙인찍힌다. 여럿이 모여 한 팀이고 '나만 혼자 1인'인 단일팀이다.

이런 고충은 비단 나만의 것이 아니었나 보다. 요즘 주변에서 비슷한 문제로 골머리를 썩이는 친구들의 볼멘소리가 하늘을 찌른다. 형제자매가 기혼자 대열에 합류해 그들은 '단체'로 진화했지만 여전히 홀로 남은 '개인' 처지의 친구들이다. 그들도 처음에는 나처럼 본인 시간을 주로 단체들의 스케줄에 맞췄다고 한다.

혼자니까 당연히 이동하기도 편하고, 본인 시간만 조율하면 큰 문제가 없었기 때문이다. 심지어 '가족' 단위와 '1인' 단위라는 엄밀히 다른 체급임에도 불구하고 매번 동일한 비용을 지불하기도 했다.

그러나 돌아오는 것은 '개인의 양보와 배려를 당연하듯 여기는 태도'뿐이었다. 물론 피를 나눈 동기, 친족 간에 자로 재듯이 이해득실을 정확히 나눈다는 것이 얼마나 매정하고 정 없어 보이는지 잘 안다. 그러나 서로의 인식과 관점이 바뀌지 않으면 결국 또 다른 갈등이 발생할 수도 있음을 잊지 않았으면 한다.

그러니 제발 혼자 산다고, '1인 가구'라고 해서 함부로 그들의 시간을 넘보지 않았으면 좋겠다.

몇 년 전부터는 주변 지인들에게도 '내 시간이 언제든 버튼만

누르면 남들이 끼어들 수 시간이 아니라는 것'을 강조하기 위해 태도를 좀 바꿔봤다. 갑자기 부른다고 홀랑 시간 맞춰 나타나지도 않았고, 너 하나만 양보하면 된다는 분위기 조성에도 눈치 없이 버텨봤다. 그러니 신기하게도 조금씩 주변 사람들도 변했다. 드디어 나도 가장 최하위 협상자 지위를 슬슬 벗어나는 것 같았다. 진작 이럴 것을. 세상 속 편하다.

1인 가구라고 늘 양보하거나 배려해야 하는 입장에서 벗어나니 이제야 내 라이프스타일 시계가 뜻대로 돌아가는 느낌이다.

요즘에는 과연 내가 '내 것인 시간'을 얼마나 '나를 위해 쓰고 있는지'가 초미의 관심사다. 독립 초반에는 밀려드는 외로움과 무료함을 달래려 하루가 멀다 하고 지인들과 어울렸다. 물론 유익하고 뜻깊은 시간들도 많았지만 그만큼 에너지 소모도 커, 정작 집에 돌아오면 지쳐 곯아떨어지기 일쑤였다. 새로운 것을 배우러 다니는 시간들도 가져 봤지만 그 역시 온전히 내가 컨트롤하는 시간은 아니었다.

곰곰이 생각해보니 근로 시간과 가사 노동 시간을 제외하면 하루에 나를 위한 시간이 고작 1시간도 채 되질 않았다. 그토록 나만의 공간과 시간을 부르짖으며 독립했는데, 정작 나를 위한 시간은 없었다는 사실이 꽤 충격적이었다. 그래서 요즘은 정말 나만인 시간을 유용하게 활용해 보기로 마음먹고 실천 중이다. 그것이 하루에 고작 30분이라고 해도 좋다.

오로지 나를 위한 시간에 무엇을 할 것인지,

내가 무엇을 하면 좋을지 계획하는 것만으로도 하루가 즐겁다.

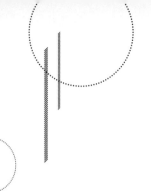

강철 삽질 근육

나는 원래 사람은 웬만해서 안 변한다고 믿는 편이다. 간혹 인생의 엄청난 충격, 가령 생사의 고비를 넘나드는 일 같은 큰일을 겪지 않은 이상 대체로 변하지 않는다고 믿었다. 근본적으로 사람 자체가 변한다기보다, 그 사람을 둘러싼 상황이 변하니 일시적으로 변한 척하는 것뿐이라고 생각했다. 변화에 적응하면 언제 그랬냐는 듯, 금방 본래 모습으로 돌아오는 사람들도 많았으니까.

주변에도 제대 후 1~2개월간은 군대에 있을 때처럼 규칙적으로 살지만 일상에 적응하면 곧바로 입대 전 모습으로 돌아오는 사람들이 많지 않은가! 그래서 뭐랄까, 개과천선에 회의적이다.

그런 내게 '독립'이란 사건은 나를 송두리째 바꾼 일종의 인생 터닝 포인트다. 단순히 부모님 집을 떠나 혼자 생활한다는 물리적

변화뿐만 아니라, 한 집안의 가장으로서 크고 작은 대소사를 스스로 결정해야 했기 때문이다. 각종 선택에 따른 책임도 오롯이 나 혼자 짊어져야 한다는 사실을 절절히 깨달았다. 나라는 사람의 근본이 변하지 않으려고 해도, 변하지 않을 수 없었다.

원래 나는 매우 즉흥적인 편이다. 욕망에 따라 충동구매를 많이 하는 편이고, 무언가를 선택할 때도 기분에 맞춰 깊은 고민 없이 바로바로 결정하는 편이었다. 당연히 재무 계획 따위는 있을 리 없었다. 꼬박꼬박 들어오는 월급에서 비상금으로 아주 소량의 돈만 저금하고 나머지는 그냥 내키는 대로, 무계획적으로 소비했다. 쥐꼬리만 한 비상금도 여름휴가라도 다녀오면 잔고는 금세 바닥나기 일쑤였다.

그렇게 계획 없이 살아도 부모님 댁에 더부살이하는 동안에는 별문제가 되지 않았다. 당장 카드 값이 초과되어도 춥고 배고플 걱정은 없었다. 부모님은 언제나 내게 따뜻한 밥을 차려 주셨고 사계절 뽀송뽀송한 옷을 입는 호사를 누렸다. 하지만 독립하면서 그 모든 울타리는 송두리째 날아갔다.

나를 둘러싼 투명한 비눗방울 같은 거대한 보호막이 하루아침에 '뿅' 하고 터져 사라지고, 별안간 정글 같은 최전선에 맨몸으로 떨어진 기분이었다. 물론 누구에게 떠밀려 나간 것도 아니고 순도 100% 내 의지대로 자원했으니 예상과 다르다고 해서 불평할 수도 없고, 백기 들고 다시 부모님 댁으로 철수할 생각은 더더욱 없었다. 꼼짝없이 이 악물고 적응하며 하루하루 버티자 가랑비에 옷깃 젖듯 조금씩 변하기 시작했다. 그 모든 과정이 순탄치는 않았으나, 개과천선 수준으로 환골탈태한 지금의 내 모습이 제법 마음에 든다.

혼자 생계를 유지하려면 늘 '계획'이 있어야 했다. 당연히 월급에서 매달 정기적으로 빠져나가는 고정비는 무조건 사수해야 했고, 여타 소비들도 항상 '계획적으로' 해야 했다. 충동적으로 이것저것 생각 없이 샀다가는 일주일 동안 간장 계란밥으로 연명해야 한다. 무려 20년이 넘게 즉흥적으로 살아온 내 삶의 방식을 한순간에 바꾸는 것은 참 어렵고 고통스러웠다.

특히 '돈 관리' 일명 '숫자' 영역은 모태 문과생인 내게 엄청난 스트레스였다. 아무리 열심히 계산하고 엑셀을 돌려봐도 딱 떨어지지 않는 소비 지출 내역과, 여전히 버리지 못한 충동구매 습관이 발목을 잡았다. 평소에 절제하려고 해도 회사나 인간관계에서 스트레스를 받으면 결국 또 물건에 기댔다. 고스란히 신용카드 사용 내역에 기록된 소위 '18비용'들을 들여다보며, 나란 인간이 이렇게 절제 능력이 없는가! 자책하길 반복했다.

　그렇다고 그만둘 수 없있다. 수많은 시행착오를 거치더라도 계속해내는 수밖에 없었다. 그러자 이제 어느 정도 스스로 절제가 가능해졌다. 한 달에 한 번씩 가계부를 정리하며 월 마감 정산을 하면서 어릴 때 용돈기입장 쓰는 것도 버거워했던 내가, 지금 이렇게 발전했구나 싶어 뿌듯함에 슬그머니 미소가 번진다.
　요즘은 한창 주식과 각종 투자 공부에 막 재미를 붙였다. 그동안 나름대로 소중한 월급을 현명하게 쪼개 쓰는, 일종의 '수비 방법'을 체득했다면 이제 한발 앞서 돈을 불리는 일명 '공격 방법'을 연습 중이다.

　물론 결과는 형편없다. 남들은 위기 상황에서 요리조리 잘도 자산을 불리는 것 같은데 주린이는 아직 망망대해를 배회 중이다. 남들 보기에 보잘것없는, 고작 치킨 한 마리 사 먹을 수익률이지만 실망하지 않기로 했다. 처음에는 보유한 주식의 주가 그래프의 등락에 일분일초마다 일희일비하며 왜 이렇게 나는 투자 감각이

꽝인지 머리를 쥐어박았다. 그러나 포기하지 않고 오뚝이처럼 벌떡 일어서 'Keep going!'을 외치며 계속 전진한다.

요즘은 매일 부동산 관련 뉴스도 꼼꼼히 확인한다. 바뀐 정책의 핵심이 뭔지, 나는 어떤 혜택을 받을 수 있는지 조사한다. 그래도 여전히 뾰족한 해결책이 없어 한숨만 나오지만 나름대로 장족의 발전을 이뤘다고 스스로 토닥거려 본다.

삽질도 계속하다 보면 강철 삽질 근육이라도 단련되겠지!

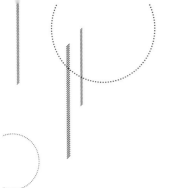

스스로를 돌보려고 부지런해졌다

'그리고 그 자리에 있었다.'

매우 당연한 소리라 두말하면 입 아프겠지만 집에 돌아왔을 때 '어떤 물건이 그 자리에 그대로 있을 때' 나는 왠지 모르게 좀 이상한 기분이 든다.

물론 정확히 말하면 **'내가 어질러 놓은 물건이 그 자리에 그대로 있을 때'** 그런 기분이 든다. 급하게 나가느라 바로 치우지 못하고 두고 간 유리잔 하나, 갈아입은 옷가지와 흐트러진 침구들, 먹고 나서 바로 설거지하기 귀찮아 싱크대에 담가 놓은 그릇들과 숟가락 한 세트, 심지어 테이블 위에 빈 약봉지와 어제 먹은 과자 부스러기까지, 모두가 그대로인데 어째 영 휑덩한 느낌을 지울 수가 없다.

1인 가구인 내가 집을 비우는 동안 남겨둔 물건들이 누군가의 손을 탈 일도 없고, 동화 속 마법처럼 저절로 움직이지도 않을 테니, 외출 전 그 자리 그 모습 그대로 있는 것이 지극히 당연한 일인데. 대체 왜, 이렇게도 생경한 느낌이 드는 걸까?

돌이켜보면 부모님과 살 때 나는 늘 보이지 않지만 분명히 존재했던 보살핌의 손길 아래 생활했다. 그건 주로 집안의 안살림을 책임지는 엄마의 손길이었지만, 때로는 투박한 아빠의 손길이기도 했고, 때로는 잔망스러운 동생들의 손길이기도 했다. 차마 내가 치우지 못하고 급하게 뛰쳐나가다 남겨둔 흔적들도 외출하고 돌아오면 대게 엄마의 손길로 말끔해져 있었다. 어딘가 부실해 보여 '이제 저건 수명이 다 됐구나' 싶던 물건들도 '부모님 매직'으로 소리 소문 없이, 마치 언제 고장 났나 싶을 정도로 스르륵 멀쩡해져 있었다.

독립하니 중요한 자리에 입으려고 미리 꺼내놓은 옷들의 옷깃이라도 살짝 어루만져 주던 손길도, 칠칠치 못하게 밥 먹다 식탁에 반찬 국물이라도 흘리면 쓱 닦아주던 손길도, 쨍쨍한 햇볕에 베개를 팡팡 털어 말려주던 손길도 모두 사라졌다. 그래서 나는 귀가 후 1mm의 오차도 없이 그 자리에 그대로 놓여 있는 물건을 볼 때마다 '보이진 않지만 나를 보살피던 손길'의 부재를 느끼며, 동시에 내가 지금 온전히 혼자임을 무의식적으로 알아채는 것 같다.

Move! Move!!

그러나 센치하고 외로울 틈이 없다.

제대로 된 따순 밥 한 끼라도 챙겨 먹고 보송보송한 수건으로 얼굴을 닦으며, 빳빳이 다려진 옷을 입고 출근하려면 움직여야 한다. 쓰레기를 비우고 분리수거를 해야 하며, 물때가 끼지 않도록 락스 뿌려가며 화장실 청소도 해야 한다. 꾸물꾸물 미루다 방안이 온통 젖은 빨래 천국이 되지 않으려면 빨래 양도 잘 조절해야 하고, 세탁소 문 닫기 전에 서둘러 드라이클리닝 맡긴 옷들도 찾아와야 한다. 냉장고가 텅 비어 비싼 배달 음식이나 즉석식품에 의존하게 되지 않도록 틈틈이 장도 봐야 하고, 배달 주문하는 김에 부족한 생필품들도 한 번에 싹! 알토란같이 주문해야 한다.

그 외에도 일일이 나열하자면 끝도 없는 개미지옥 같은 집안일이 차고 넘친다. 어릴 때 엄마가 '집안일은 해도 해도 끝이 없다'며 푸념하시던 상황을 이제서야 온몸과 머리로 느끼며, 하면 중박, 안 하면 쪽박인 집안일들을 처리하느라 동분서주한다. 지금은 나름대로 자취 내공이 좀 쌓여서 그나마 계획적이고 기계적으로 이 모든 일을 처리하지만, 독립하고 1~2년 차에는 요령이 없어 애를 좀 먹었다. 엄마에게 전화로 왜 화장실 바닥이 점점 빨개지는 거냐며 붉은 곰팡이의 존재를 해맑게 묻기도 했고, 냉장고에 들어간 음식은 안 썩는 줄 알았다. 수건을 냄새나지 않게 빨고 보송보송하게 말리는 방법도 몰라 조금만 이상한 냄새가 난다 싶으면 다 버리고 새로 샀다.

'확 그냥 다 놔버려?'

한창 직장에서 힘든 시간을 보내며 개인적인 인간사로도 괴로웠을 때, 종종 '그냥 다 포기할까? 대충 할까?' 싶었다. 내가 좀 꾸질 꾸질하고 구겨진 옷 입고 다닌다고, 쿰쿰한 냄새 나는 수건에 얼굴 닦으며 생활한다고 죽는 건 아니니까. 분리수거를 열심히 안하고 대충 다 종량제 봉투에 때려 넣고 줄행랑쳐도 남들은 모를테니까. 바쁘디 바쁜 현대사회에서 세상 사람들은 생각보다 나한

테 관심 없을걸? 싶어서.

'내가 알잖아'

그러나 내가 알고 있다. 자신을 돌보지 못하고 있는 걸 다른 사람은 몰라도 내가 알고 있다. 아무리 남 일에 관심 없는 세상이라지만 유년 시절을 돌이켜 보면, 어른들의 보살핌을 받지 못하는 친구들은 어렸던 내 눈에도 다 티가 났다. 그러니 성인이 스스로를 돌보지 못하면 그것도 분명 다 티가 날 것이다.

비단 남의 눈을 의식해서가 아니라 스스로 거울을 봤을 때, 신경 쓰지 못한 까칠한 피부와 푸석한 모발을 보면, 자존감이 지하 100층까지 추락하는 기분이 든다. 그러니 힘을 내야 한다. 남들처럼 얼굴에서 번질번질 광이 날 정도는 안 되어도, 어디서 피죽도 못 얻어먹고 다니냐는 소리를 듣지 않도록 힘을 내야 한다. 명품으로 휘감지는 못해도 단정하고 깨끗한 옷을 입고 당당할 수 있도록.

빡빡한 인생에서 그렇게 오늘 하루도 부지런히 내 몸을 움직여 <u>스스로를 돌본다.</u>

183

4장 ───────○

생각보다 제법

잘 살고 있어요

─────────────

"우리 모두에게 애초에 완벽한 삶,
정답 같은 인생은
처음부터 존재하지 않으니까."

눈물 젖은 샤인머스캣

20대의 나에게 '스몰 럭셔리'란 내 월급에서 감당 가능한 명품들이었다. 언감생심 감히 넘보았다가 가랑이가 찢어질 것 같은 초고가 명품들 말고 명품 화장품이나 향수 같은 것들. 아주 가끔 인센티브가 후하게 터지는 해에 큰맘 먹고 사봤던 1~2백만 원대 명품 가방 정도가 전부다. 어릴 때부터 옷이라면 워낙 사족을 못 써서 굳이 명품이 아니더라도 철철이 구매했던 옷과 가방, 신발들을 가지고 신나게 멋도 내봤고 소위 '기본 아이템'들이 웬만큼 갖춰진 30대가 되자 꾸밈에 대한 열정이 예전만큼 솟구치지 않았다.

그런 나에게 요즘 '스몰 럭셔리'란 백화점에서나 팔 법한 '최상급 프리미엄 과일들'을 사먹는 일이다. 어릴 때부터 엄마가 식사 후, 자연스럽게 과일을 후식으로 내주셔서 식후 과일을 챙겨 먹는 것은 내겐 매우 일상적인 일이었다. 그러나 독립하면서 제철 과일을 챙겨 먹는다는 것이 얼마나 어려운 일인지 알았다. 의식적으로 스스로 과일과 채소를 구매하지 않으면 아무도 챙겨주지 않는다. 배달 음식이나 인스턴트, 간편식의 무덤 속에서 신선한 제철 과일은 사막의 오아시스요, 가뭄의 단비 같은 존재다. 나는 과일 중에서도 가장 최상급 품질의 과일들을 소량으로 사 먹는다.

물론 처음부터 최상급 과일을 사 먹었던 것은 아니다. 미숙한 요리 솜씨에 라면 물 하나 제대로 맞추지 못해 컵라면만 먹었던 필자다. 그러다 자취 4~5년 만에 '아, 이렇게 살다가는 몸이 정말 쓰레기가 되겠다' 싶어 좀 아찔해졌다.

실제로 그때쯤 내 몸에서 각종 이상 증후들이 꽤 심각한 신호를 보내고 있었다. 더 이상 각종 영양제나 수액으로 버틸 수 없음을 느껴 이렇게 살면 안 되겠다고 서서히 각성하던 차였다. 그 후 유튜브 쿡방도 열심히 챙겨 보며 어설프지만 집밥도 해 먹고, 과일과 채소 같은 신선 식품들도 주기적으로 사 먹으며 나름의 보식 활동에 열을 올렸다.

각성하기 전까지 나는 어떤 과일이 제철인지 전혀 몰랐다. '여름에는 수박, 겨울에는 감귤' 정도가 내가 가진 제철 과일에 대한 배경 지식의 전부였다. 그러다 보니 막상 과일을 사 먹긴 하는데 전혀 요령이 없어 소위 '폭망 구매'를 자주 했다.

제철이 아니니 당연히 비쌀 수밖에 없는 과일을 별생각 없이 턱턱 구매하거나, 맛있는 과일 고르는 요령이 없어 무턱대고 겉만 번지르르한 과일을 덥석 집었지만, 맛이 제대로 들지 않아 떫거나 맹탕인 경우가 부지기수였다.

설상가상으로 집 근처에 맛있는 과일을 싸게 파는 곳도 없어 어설프게 동네 마트 매대를 서성이다 '겉만 보고 구매→맛없음→처치 곤란해서 일단 방치→상해서 버리기' 루트를 계속 반복했다.

전략을 바꿔 온라인 구매도 시도해봤지만 안에서 새는 바가지 밖에서도 샌다고, 분명 이전 구매자들의 좋은 후기가 엄청 달린 상품인데도 배송 결과물은 실망스러울 때가 많았다.

그러던 어느 날, 외근 차 방문한 백화점에서 모처럼 팀장님의 직퇴 지시로 신이 나, 오랜만에 아이쇼핑이나 할 겸 백화점 안을 무작정 떠돌았다. 정신을 차려보니 어느덧 지하 식품관까지 흘러가 있었다. 식품들을 워낙 예쁘게 진열해두기도 했지만, 한눈에도 그곳에 있는 과일과 채소들은 지금껏 내가 구매했던 상품들과는 분명 '퀄리티', 일명 '때깔'이 달라 보였다.

먹음직스러워 보이는 복숭아 2개짜리 소포장 상품을 담아 계산하고 집에 와 맛을 보니, 세상 그렇게 달콤하고 맛있을 수가 없었다.

'바로 이거지!' 싶어 눈이 번쩍 뜨였다. 불본 복숭아 2개 가격치고는 매우 비쌌지만, 내 기준에서 팍팍한 삶에 가끔 이 정도 호사는 누려도 괜찮겠다 싶은 가격이었다.

오히려 소량으로 조금씩 사 먹을 수 있어 1인 가구의 최대 적인 '음쓰(음식물 쓰레기)'도 많이 안 생기고, 일석이조 아닌가! 그 후로 힘들고 괴로운 일이 있을 때마다 스스로를 위로하기 위해 백화점이나 온라인 프리미엄 식품관에서 최상급 과일을 조금씩 사 먹곤 했다. 집에서 제일 예쁘고 비싼 식기에 최대한 예쁘게 플레이팅해서 먹는 것이 현재 내 삶의 스몰 럭셔리요, 스스로를 위로하는 힐링 타임이다.

그러던 어느 날, 상사에게 '사내 갑질'로 된통 당한 일이 있었다. 그는 그저 만만한 분풀이 상대가 필요했고 그 상대는 바로 하급자인 나였다.

억울하고 슬픈 마음에 큰맘 먹고 요즘 유행한다는 비싼 포도, 샤인머스캣을 처음으로 한 송이 샀다. 포도를 들고 집으로 향하는 버스를 기다리는데 내가 걱정되어 같은 부서 선배들이 나를 쫓아왔다.

"괜찮아?"라고 묻는 선배의 한마디에 애써 회사에서 꾹꾹 눌러 담았던 서러움이 폭발해 갑자기 닭똥 같은 눈물이 뚝뚝 떨어졌다. 당황한 선배들이 안 되겠다 싶었는지 근처 카페로 데려가 따뜻한 차 한 잔을 사주며 나를 진정시켰다.

그러나 한 번 터진 눈물샘은 쉽게 마르지 않았고 그 자리에서 눈물 콧물 흘리며 서럽게 꺼이꺼이 울었다. 훗날 선배들에게 들은 이야기이지만, 그렇게 대성통곡하면서도 끝까지 샤인머스캣 한 송이를 소중히 꼭 쥐고 있는 내 모습이 좀 짠한데 참 웃겼다고 했다.

눈물 콧물 다 흘리고 집에 돌아와 소중한 샤인머스캣을 씻어 먹는데 또 어찌나 그렇게 눈물이 나는지.

듣던 대로 참 달고 맛있었다. 몇 개 안 먹은 것 같은데 순식간에 포도 송이가 팍팍 줄어 아쉬우면서도, 앞으로도 이걸 계속 사 먹으려면 다시 회사에 가서 아무 일도 없는 듯 일해야 하는 내 처지가 안쓰러워 한 송이를 다 먹는 내내 눈물이 마르지 않았다.

그야말로 '눈물 젖은 샤인머스캣'이었다.

요즘도 나는 가끔 최상급 과일을 주문해 먹는다. 그사이 요령이 제법 생겨 꼭 백화점에서 구매하지 않고 농장에서 직접 주문하거나 기타 여러 가지 경로로 질 좋은 과일을 사 먹는 방법들을 체득했다.

오늘은 지금쯤 집에 배송되어 있을 나를 위한 스몰 럭셔리 '노란 수박'을 기대하며, 발걸음도 경쾌한 퇴근길이다.

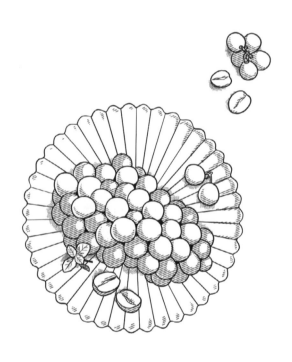

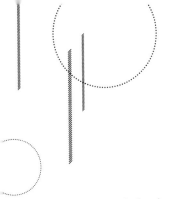

오늘 저녁 뭐 먹지?

오후 5시, 사무실에서 한창 배고플 시간이다. 간식 사 먹고 싶은 유혹을 꾹 참고 '퇴근하면 뭐 먹지?'에 집중해본다. 순식간에 머릿속에 먹고 싶은 음식이 좌르르 떠오른다. 주로 생각나는 음식은 우렁을 잔뜩 넣은 된장찌개, 매콤한 오징어볶음, 고춧가루를 푼 얼큰한 콩나물국 같은 엄마가 자주 해주던 평범한 집밥 메뉴들이다. 퇴근길 지하철에서 후다닥 레시피를 검색해보고 집 주변 대형마트로 직행해 필요한 재료들을 '아주 조금씩' 구매한다.

1+1, 타임세일 같은 행사 품목들을 충동구매하고 싶은 마음을 잘 억눌러야 한다. 값이 싸다고 생각 없이 이것저것 많이 샀다가는 계산대에서 '헉' 소리 나는 영수증을 마주한다. 또 양손으로 들고 갈 수 있을 양만큼 적당히 구매하는 것도 무척 중요하다. 뚜

벅이 신세를 망각하고 부모님과 함께 장 보며 대형 카트에 이것저것 주워 담던 버릇 그대로 시전했다가는, 한겨울에도 땀을 줄줄 흘리며 구입한 물건들을 이고 지고 집에 가야 한다.

예산에 맞게, 신선한 제철 재료로만 신중히 사는 게 쇼핑 목표다. 왠지 지금 사두면 유용할 것 같지만 당장 쓸모없는 할인 물건들의 유혹도 잘 피해야 한다. 끝까지 '내가 두 손으로 들 수 있을 양'만 사야 한다는 것을 마음속으로 계속 되뇌며 '두뇌 풀가동 모드'에 들어간다.

사실 독립하기 전에 요리에 딱히 관심도 없었고, 삼시 세끼 엄마표 집밥을 먹고 다니느라 직접 요리할 필요성도 못 느꼈다. 부끄럽지만 자취 초반에는 간단한 김치볶음밥조차 제대로 할 줄 몰랐던 '요알못'이었다. 설상가상으로 회사에서 주는 식사와 회식, 각종 배달 음식으로 근근이 끼니를 때우다 보니 요리 실력은 늘 제자리걸음이었다.

그렇게 몇 년을 영혼 없는 음식들로 연명하자 몸도 마음도 한계에 다다랐는지 점점 탈이 나기 시작했다. 특단의 조치가 필요했다. 사 먹는 음식 말고 어설퍼도 내 손으로 나를 위해 뭔가를 만들어 먹기로 결심했다.

결연한 각오가 무색하게 어디서부터 어떻게 시작해야 몰라 우선 '백 선생님'을 따르기로 했다. 유튜브에 있는 다양한 레시피 중 비교적 쉬워 보이는 것들을 쭉 저장하고 도장 깨기 하듯이 하나씩 따라 만들어 봤다. 물론 곧바로 각종 시련과 난관에 봉착했다. 식재료를 구입하는 것부터 실수투성이였다. 분명히 파프리카를 딱 4개만 구입하려 했는데 온라인에서 잘 못 보고 대충 클릭하다가 파프리카 4봉지를 주문하는 기행을 저질렀다. 그 결과 퇴근 후 문 앞에 쌓여 있는 엄청난 파프리카 더미를 보고 식겁하기도 했고, 값이 싸길래 얼른 주문했는데 몇 년 동안 먹어도 줄지 않을 것 같은 업소용 대용량 참기름이 배달된 웃픈 해프닝도 있었다.

재료를 제대로 보관하는 법도 몰라 냉장고 안은 번번이 카오스 상태가 됐다. 냉동 보관, 냉장 보관해야 하는 식품을 제대로 구분하지 못해 그저 감으로 건성건성 분류하다가 아까운 재료를 많이도 버렸다. 마음먹고 뭐하나 만들까 결심하면 여지없이 등장하는 각종 장류와 소금, 설탕, 식초, 후추, 오일 등 일명 '디폴트'로 구비해야 하는 양념과 소스는 또 어찌나 많던지, 하나하나 살 때는 얼마 안 되는 푼돈 같았지만 의외로 그런 기본 재료들을 구비하는 데 지출이 꽤 컸다.

레시피의 나머지 재료들도 한 치의 응용력 없이 요리책과 100% 똑같이 구매하다 보니 오히려 완제품을 사 먹는 것보다 훨씬 비용이 많이 들었다. 가성비를 따지면 영 꽝이었지만 누가 시켜서 하는 것도 아니고 순전히 나를 위해 하는 일이니 우선 꾹 참아 보기로 했다. 그러나 설상가상으로 고생 끝에 탄생한 음식 맛이 '이건 사람이 먹을 음식이 아니다' 싶을 때는 그냥 다 때려치우고, 다시 배달 음식이나 먹으면서 살고 싶은 마음이 굴뚝같이 들었다. 그러나 쉽게 포기하고 싶지 않아 꿋꿋이 계속 요리했다.

그러자 늘 제자리걸음 같았던 실력이 조금씩 나아지는 것이 느껴졌다. 엉성하고 어설펐던 칼질도 제법 모양새가 그럴싸해졌고, 재료들도 곧잘 다듬어 소분하여 용도에 맞게 보관하는 일도 능숙해졌다. 가끔 완성된 요리 맛을 보다가 스스로 "크으~" 감탄하는 경지에 이르자, 이제 요리가 제법 재밌게 느껴진다.

내친김에 유명하다는 주방 기구들도 사보고 예쁜 조미료 통과 행주 구입에도 열을 올리며 주방용품 구경에만 2~3시간씩 시간을 훌쩍 쓴다. 생김새가 다양한 식기를 구입해 나름대로 플레이팅이라는 것도 해보니 그렇게 뿌듯할 수 없다. 아직 SNS에 올려서 남에게 자랑할 만한 수준은 아니지만 어느새 휴대폰에 차곡차곡 쌓인 음식 사진들을 보면 내 자신이 너무 대견하다.

매일 저녁 '오늘은 뭐로 끼니를 때우지?'에서 '오늘은 뭐 해 먹지?'로 고민이 바뀌니 혼밥도 예전처럼 마냥 쓸쓸하지만은 않다.

문득 직장 선배가 했던 말 중, 혹시 나중에 사녀를 유학 보내려면 다른 건 둘째치고 요리 학원부터 등록시키라고 했던 말이 떠올랐다. 그때는 당장 어학이 중요하지 무슨 요리를 배우라고 하는가 싶었는데, 지금 생각해보면 매우 지당하신 말씀이다.

스스로를 돌보고 챙기는 데 요리만큼 중요한 기술이 없는데, 정작 주변 친구들을 보면 나처럼 준비되지 않은 채 독립하는 친구들이 꽤 많은 것 같다.

나의 비루한 음식 솜씨가 여전히 주부 9단 엄마의 눈에는 영 어설퍼 보이지만, 정작 나는 이제 어딜 가서도 '혼자 밥은 안 굶고 살 수 있다'는 자신감에 마냥 뿌듯하고 당당한 요즘이다.

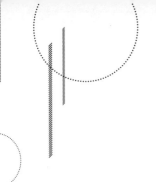

자취 필수 가전

요즘 신혼 집 필수 가전 트렌드가 많이 바뀐 것 같다. 건조기, 식기세척기, 로봇 청소기, 공기 청정기, 의류 관리기 등등 주변에 결혼을 준비하는 친구들을 보면, 선호하는 가전이 어머니 세대와 정말 많이 달라졌다는 사실을 피부로 체감하는 중이다.

사실 요즘 가전계의 라이징 스타들을 면밀히 들여다보면 '어떻게 하면 가사 노동에 들어가는 시간과 에너지를 줄일 수 있을까?'에 해답을 주는 물건이 다반사다. 반면 어머니 세대에 필수품이었던 김치냉장고, 드럼 세탁기, 양문형 냉장고 같은 것들은 '어떻게 하면 집에서 살림을 더 잘할 수 있을까?'에 맥락이 닿아 있는 아이템들 같다.

우리 세대가 신혼 필수 가전제품이라고 생각하는 아이템들은, 직장 생활을 하며 혼자 살림하는 1인 가구인 나에게도 탐이 나긴 마찬가지다.

　　최대한 간소하게, 대신 효율적인 삶을 동경하는 나는 누구보다 미니멀리즘을 추구하지만 실상은 영락없는 맥시멀리스트다. 이 정도면 혼자 살기에 충분하다고 생각한 집이 어느새 각종 짐으로 가득 차, 정작 생활 공간이 얼마 되지 않는다는 사실을 깨닫고 '대체 언제 이렇게 됐지?' 싶지만 이미 되돌리기에는 한참 늦은 것 같다. 불필요한 것들을 최대한 처분하고 남아 있는 아이템들을 살펴보면 모두 존재의 이유가 있는 생활 필수품들이다.

　　나 또한 무한 반복의 가사 노동의 무게를 조금이나마 가볍게 짊어지고자 필요한 가전들을 제법 많이 구입했다. 최근에는 소형 핸디 청소기를 대형 무선 청소기로 교체했다. 원래 가지고 있던 작은 청소기는 주변을 간단히 정리하는 데 유용했지만 집 전체를 말끔히 청소하기에 어딘지 부족해 내심 성에 차지 않던 차였다. 고민 끝에 거금을 주고 미세먼지까지 싹 빨아들인다는 청소기계의 에르메스라는 상품을 구입해 사용해보니 콧노래가 절로 나온다. 청소 효율이 올라가니 청소하는 시간도 줄어들며, 말끔한 집 안에서 즐기는 상쾌한 휴식은 꿀 같다.

우연히 SNS에 봄에는 공기 청정기, 여름에는 제습기, 가을에는 가습기, 겨울에는 온풍기가 다 필요한 것을 보니 나의 조국은 4계절이 뚜렷한 나라가 틀림없다고, 자조 섞인 농담을 적은 익명의 자취 선배의 글을 발견했다. 소심하게 '좋아요' 밖에 누르지 못했지만 속으로는 어찌나 크게 공감이 가던지. 나도 처음에는 '뭐가 없으면 없는 대로 좀 불편해도 참고 살아야지' 싶었는데, 요즘 혼자 살아도 대충 살기 싫다는 생각에 틈틈이 필요한 생활 가전들을 구매하게 됐다.

다만 물건값을 나눌 사람이 없으니, 속된 말로 '독박 구매'인지라 통장이 하루가 다르게 야위어가는 건 안타까울 뿐이다. 하지만 덕분에 훨씬 만족스럽게 집안일을 하게 되어 나름 '가치 있는 소비'라 생각 중이다.

최근 구입한 것들 중 진심으로 만족스러운 아이템은 무선 청소기와 제습기 그리고 압력밥솥이다. 무선 청소기의 편리함은 앞에서 충분히 언급했으니 제습기 이야기를 먼저 해보자.

미세 먼지 때문에 마음껏 환기가 어려워 실내에서 빨래를 말리다 보면 작은 집이 습기 천국이 되거나, 애써 한 빨래에서 냄새가 날 때가 있다. 그럴 때 제습기를 쓰면 빨래 냄새도 안 나고 쉽게 그리고 뽀송하게 잘 마른다. 마지막 순서는 압력밥솥인데 뜬금없이 웬 압력밥솥인가 싶겠지만 다 이유가 있다.

자취 초반에 집에서 전혀 음식을 해 먹지 않았던 나는 수년을 즉석밥으로 연명했다. 즉석밥은 맛도 있고 편리하긴 했지만 어딘지 모르게 먹는 내내 마음 한구석을 공허하게 했다. 허전함을 달래고자 전기밥솥을 구매해 김이 모락모락 나는 갓 지은 밥을 먹으며 생활하니, 예전에 비해 팍팍한 삶이 조금 더 따뜻하고 꽉 채워진 느낌이다. 퇴근해 귀가하면 만사가 다 귀찮아 손 하나 까닥하기 싫은 날도 많지만, 요즘은 기술이 좋아져서 그런지 밥 짓기에 딱 30분만 투자하면 윤기가 반지르르한 따뜻한 밥을 먹을 수 있다. 거기다 한술 더 떠 부지런을 떨며 압력 밥솥에 이것저것 구황 작물도 삶아 먹으니, 다이어트를 할 때도 무작정 끼니를 거르지 않아 정말 요긴하다.

타향 만 리 공부하러 떠나는 유학생들이 왜 그렇게 압력밥솥을 바리바리 챙겨가는지 이제 좀 알 것 같다. 제대로 된 집밥 한 끼가 주는 온기와 포근함이 참 좋다.

최근에 눈독을 들이는 가전도 있는데 바로 '의류 관리 기기'다. 손이 많이 가는 옷이 많고, 세탁소에 드라이클리닝을 맡기고 찾아오는 일들을 제때 하지 못해 쌓여가는 옷들을 볼 때면 더욱더 구매 욕구가 간절해 침만 흘리고 있다.

그런 나를 보고 "너 무슨 혼수 준비하냐? 혼자 사는데 뭘 그런 것까지 다 사?"라며 딴지 거는 사람들이 있지만, 혼자 살든 여럿이 살든 내가 내 삶을 윤택하게 살겠다는데 웬 오지랖인가 싶어 한 귀로 듣고 한 귀로 흘리는 중이다. **내가 눈치를 봐야 하는 대상은 오로지 내 통장 잔고뿐이다.**

혼자 살아도 남의 시선 상관없이, 본인이 필요하다고 생각하는 생활 가전들은 개인의 경제력이 허락하는 범위 내에서 당당히 구매했으면 한다.

"그거 다 나중에 어떻게 처분하려고 그래?"라는 오지랖은 "요즘 얼마나 중고 거래 앱이 활발한지 모르나 봐?"라고 가볍게 받아치면 된다.

지금 내가 어떻게 살 것인지, 내 삶의 방식을 결정하는 기준은 오로지 나에게 있는 것이니까.

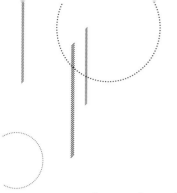

집으로 가는 길

자신에게 가장 잘 어울리는 스타일을 찾으려면 어떻게 해야 할까? 결론은 다양한 착장을 시도해보며 설혹 시행착오를 겪더라도 수정하며 자신에게 딱 맞는 스타일을 찾으면 된다. 그러나 집은 다르다. 순간의 판단 미스는 엄청난 정신적 고통과 물리적 비용을 수반한다. 처음 집을 구할 때, 나는 내가 어떤 거주 공간과 주변 환경을 선호하는지 전혀 몰랐다. 그래서 일단 교통 편의성을 제일 중요한 기준으로 삼아 지하철역과 5분 거리에 있는 집으로 계약했다.

그런데 그 집에서 한동안 제대로 잠을 잘 수 없었다. 처음에는 '잠자리가 바뀌어서 그런가?' 싶어 대수롭지 않게 생각했지만, 여러 날 숙면을 취하지 못하니 몸이 점점 젖은 솜처럼 무거워졌다.

거금을 들여 질 좋고 포근한 침구와 5성급 호텔에서 쓴다는 베개 솜, 아로마 디퓨저까지 구매해 봤지만 여전히 숙면을 취하지 못하고 새벽에 눈이 스르르 떠졌다.

원인은 바로 '소음'이었다. 잠귀가 밝은 나는 '소음'에 매우 민감한데 원룸에 설치된 냉장고 작동하는 소리가 거슬려 깊이 잠들지 못했다. 집주인 아주머니께 냉장고 소리가 너무 큰 것 같다고 말씀드려 봤지만 '다른 집들은 아무 말도 없는데 아가씨 혼자 너무 예민하게 구는 것 같다'는 핀잔을 듣고 더 이상 뭐라 대꾸하기가 어려웠다. 결국 도저히 참기 힘들었던 나는 사비를 들여 무소음 냉장고로 교체했다.

드디어 조용히 숙면을 취할 수 있을 것 같은 기대와 달리 여전히 잠을 설쳤다. 이유는 도심 번화가와 떨어져 한산한 주거 단지에 있는 부모님 댁 환경에 익숙해진 나머지, 중요한 사실을 망각하고 있었기 때문이다.

바로 나는 '불야성의 도시 서울 한복판'에 있다는 사실을. 가장 번화한 지하철역 주변에 집을 구했으니 밤늦은 시간까지 주변 상가 네온사인은 꺼질 줄 몰랐고, 요란한 차 소리와 정체 모를 도시 소음들이 끊임없이 나의 숙면을 방해했다. 꼭 휴가로 잠시 머물렀던 뉴욕 맨해튼 타임스퀘어 근처 숙소에서 밤마다 울려 퍼지던 응급 사이렌 소리에 잠들지 못하고 뒤척거렸던 날들과 비슷했다. 그럼에도 불구하고 집 밖 소음까지 내가 어쩔 도리가 없어, 참고 견디는 것밖에 별다른 수가 없었다. 결국 살다 보니 점점 적응이 되어 잠들긴 했지만, 어딘지 늘 피로했다.

그래서 두 번째 집을 구할 때, 매우 신중했다. 도심 한가운데가 아닌, 최대한 주거지 느낌이 나는 곳들을 찾아다녔다. 신축에집 내부 환경이 아무리 좋아도 주변 환경이 복잡하면 심드렁했던 내가, 창밖으로 산자락이 보이는 집들을 보여주면 표정이 환하게 밝아지는 모습을 보고 부동산 중개인이 "아가씨, 숲세권 좋아하시는구나!"라고 하시길래 "숲세권이요?"라고 반문하자 "역이랑가까우면 역세권, 산이나 숲, 자연이랑 가까워서 풀 보이면 숲세권이지" 하셔서 웃음이 터졌던 기억이 난다.

그래. 나는 각종 편의 시설보다 자연환경에서 안정감을 느끼는 '숲세권'을 사랑하는 사람이었다. 내 집 주변이 화려한 네온사인에 둘러싸이기보다 시야에 나무와 풀, 꽃들이 보이길 바랐다. 근처가 조용하기까지 하면 금상첨화라 생각했고, 그래서 다음 집은 역 주변에서 제법 떨어진 곳으로 계약했다.

그맘때 즐겨보던 TV 프로그램에서 유명한 건축가가 집만큼이나 '집으로 가는 길'도 중요하다는 말을 하자 '바로 그거지!' 싶었던 나는 퇴근하고 한동안 집을 구하려던 동네를 돌아다니며 풍경들을 유심히 살폈다. 주변에 급히 집을 구했던 후배가 실내 환경은 괜찮은데 그 집으로 가는 길의 주변 풍경이 영 을씨년스러워 귀갓길이 너무 우울하다며, 결국 얼마 못 가 추가 비용을 들여 다른 곳으로 이사한 선례도 있어 더욱 꼼꼼히 길 위 풍경들을 살폈다. 자세히 보니 똑같은 지명을 쓰는 동네라도 주변 풍경들이 확연히 차이가 났다.

동네 주변을 한참 둘러본 후, 부동산에 가서 지도 위에 정확한 구역을 그려주며 "이 지역에서만 집 보고 싶어요. 매물 나오면 연락 주세요."라고 소통하니 한 층 집을 더 수월하게 구할 수 있었다.

가끔 첫 독립을 준비하는 지인들이 "어디서부터 뭘 어떻게 해야 하는지 전혀 모르겠어. 조언 좀 해줘!"라고 도움을 청하면, 내가 처음 해주는 말은 한결같다.

"일단 이사 가려는 동네들을 돌아다녀봐. 부동산 먼저 가지 말고. 우선 살고 싶은 동네들을 돌아다니면서 그 동네 풍경이 네 취향인지 먼저 살펴봐. 부동산은 그 다음에 가도 늦지 않아."라고 말해준다. 훗날 그게 일명 부동산 고수들의 '임장'과 비슷한 개념이었다는 것을 나중에야 알았다.

이후로 나는 낯선 동네에 약속이 있을 때, 먼저 도착하면 핸드폰이나 보며 시간을 때우던 예전과 달리 주변을 슬슬 돌아다니며 동네 풍경을 살피는 버릇이 생겼다. 거주지가 언제 어떻게 바뀔지 모르니 지금부터 혼자 부지런히 나만의 부동산 빅 데이터를 수집하는 셈이다. **혹시 자취 꿈나무들이 이 글을 읽고 있다면 앞으로 어떤 집에서 살 것이냐 만큼이나, 내가 어떤 주변 환경을 선호하는지 평소 부지런히 생각해 보고 정보를 수집하길 바란다.**

요즘 어느 분야든 빅 데이터가 유용한 시대가 아닌가.

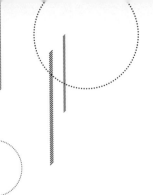

랜선 집들이

SNS는 인생의 낭비라는 말에도 불구하고 좀처럼 딱 잘라 끊을 수 없었다. 업무 특성상 각종 SNS로 온갖 세상 트렌드를 파악하는 것도 중요한 부분이라, 쉽게 끈을 놓지 못했다. 아무리 영혼 없이 눈으로만 타인의 삶을 관찰한다고 해도, 금방 온갖 상념이 떠올라 머릿속을 어지럽혔다.

이미 나보다 경제적으로 훨씬 여유롭고, 외모도 뛰어난 사람들이 이 세상에 넘친다는 사실을 일찌감치 받아들여 특별히 질투가 나진 않는다. 오히려 평범한 일상을 뛰어나게 살고 있는 사람들에게 눈길을 뗄 수 없다. 나는 별생각 없이 흘려보내는 일상에서 반짝이는 순간들을 발견하고 그 순간에 멋진 의미를 부여해 포스팅 한 사람들을 보다 보면, 가뜩이나 무채색인 내 일상이 더 특색 없고 평범해지는 기분이다.

과거에는 집주인이 초대해 주지 않으면 도통 남의 집 살림살이를 구경할 기회가 없었는데, 요즘은 다르다. 온라인에 조금만 검색해보면, 아니 포털 사이트를 조금만 뒤져 보면 남의 집 내부를 구경할 기회들이 넘친다. 물론 사람들에게 소개된 집은 대한민국 수십, 수백만 가구 속에서 나름대로 눈에 띄는 집들을 선별해 포스팅 한 것이겠지만, 사진과 함께 첨부된 사연을 읽다 보면 주변에 한두 명쯤 있을 것 같은, 평범한 내 지인들의 집들 같아서 상대적 박탈감이 든다.

낡은 아파트를 환골탈태하여 리모델링한 이야기, 소형 평수를 개조해 결코 원래 실 평수처럼 보이지 않게 만든 이야기, 예쁘게 꾸민 원룸부터 전망 좋은 전원주택, 탁 트인 고층 펜트하우스까지. 어쩌면 그렇게 다들 잘 해놓고 사는지 구경만 해도 현기증이 난다.

요즘 남의 집 인테리어 구경뿐만 아니라, 독립하고 1명의 인간이 사는데도 이렇게나 많은 아이템이 필요하다는 사실에 내심 놀라는 중이다. 생필품 중에는 의외로 남들에게 보여주기 좀 민망한 것들도 있는데, 아주 오래전 유명 스타의 집 안을 소개했던 프로그램의 한 장면이 떠오른다. 슈퍼스타답게 화려한 인테리어와 살림살이를 자랑해 부러움의 눈으로 시청하고 있는데, 어느 틈엔가 MC가 화장실 찬장 안에 고이 숨겨둔 이태리타월을 찾아내자, 집주인이 당황하며 황급히 숨기던 장면이다.

대한민국 슈퍼스타나 나 같은 일반인이나 역시 사람 사는 건 다 똑같구나 싶었는데, 랜선으로 구경하는 남의 집들도 사실 보이지 않는 찬장 안이나 다용도실 서랍 깊숙한 곳에, 모두 남들에게 내보이기 민망한 이태리타월 같은 것들이 하나쯤 숨어 있지 않을까?

SNS는 인생의 하이라이트라고도 하던데, 온라인에 넘쳐나는 남의 집들도 어쩌면 그 집에서 가장 돋보이는 장소와 풍경만 간추려 소개한 일종의 '쇼윈도' 같은 것들이 아닐까? 갑자기 지인의 에피소드 하나가 또 생각난다. 아이 둘 어머니인 회사 선배는 최근 본인의 집을 대대적으로 리모델링했다. 공사를 마치고 집에서 제일 마음에 드는 공간은 주방 식탁이라며, SNS 포스팅용 사진도 항상 그곳에서만 찍고, 하루 일과 중 대부분을 주로 식탁 의자에 앉아 있다는 이야기가 떠올랐다. 나와는 비교도 안 되게 드넓은 집에 살면서 정작 온종일 앉아 시간을 보내는 곳이 겨우 손바닥만 한 식탁 의자 위라니! 뭔가 블랙 코미디 같았다.

사실 나도 내 집에서 매번 사진 찍는 장소가 정해져 있다. 삶의 구질구질하고 너저분한 모습은 삭제하고, 가장 예쁘고 산뜻한 부분만 나올 수 있는 장소에서 마치 그곳이 내 일상의 전부인 양 사진을 찍고 SNS에 포스팅 한다.

다른 사람들도 나와 별반 다르지 않을 테니 '내 집의 최고 하이라이트' 같은 랜선 집들이들에 기죽을 필요도 없고 질투 날 이유도 없지만, 잠깐만 정신이 혼탁해지면 금방 또 마음이 어지러워진다. 이래서 요즘 내 지인들이 틈만 나면 산으로 들로 바다로 명상 여행을 떠나는가 보다. 마치 잘 타오르는 화로처럼 다가가 구경하는 것까지는 좋지만, 그렇다고 정신 놓고 너무 가까이 다가가면 여지없이 화상을 입고 만다. 그러니 섣불리 불에 데지 않도록, 남의 집 랜선 집들이도 마음을 잘 다스리고 적당한 거리에서 구경해야겠다.

최근 코로나 때문에 갑자기 모든 생활이 비대면 기반으로 드라마틱하게 변했다. 집들이도 랜선으로 하고, 부동산에서 매물도 구매자들에게 AR/VR로 보여주는 경우도 있다고 한다. 재택근무 중 화상 회의를 할 때, 학생들이 온라인 수업에 참석할 때도 카메라 너머 집 안 실내가 은연중 노출된다. 삶의 민낯이 다른 사람들에게 노출되는 것이 싫어 화상 회의 배경용 실내 사진이나 월wall을 세우기도 한다는데, 사각 모니터 안에 비치는 배경이 내 삶의 전부가 아님에도 불구하고 영 마음이 쓰인다.

예전처럼 집에 들어와 두꺼운 현관문을 걸어 잠가도 세상과 단절되기가 좀처럼 어렵다. 자의 혹은 타의, 공식 혹은 비공식적 이유로 자꾸 집 안으로 쳐들어오는 '랜선용 카메라' 때문에 종종 심란해지는 마음을 일단 향초로 다스려 본다.

흔들리지 말자. 캄 다운Calm down.

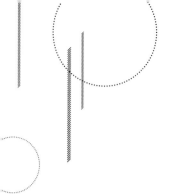

인생의 신박한 정리

요즘 남의 집을 대신 정리해 주는 TV 프로그램을 유심히 본다. 대부분의 의뢰인은 정리가 끝난 집을 보여 줄 때 눈물을 글썽였다. 본편을 제대로 보지 않고 온라인에 떠도는 하이라이트만 보고 '대체 왜 울지? 남이 자기 집 좀 정리해 주는 게 그렇게 눈물 날 일인가?' 싶었다. 그러나 우연히 재방송을 통으로 보았을 때 어느새 내 눈가에도 눈물이 가득 고였다. 변화된 모습을 보고 의뢰인들이 내지르는 놀람의 비명, 동시에 연이어 조용히 번지는 슬픔에 나도 그만 울컥 눈물이 났다. 의뢰인의 눈물 속에 '그간 왜 이렇게 스스로 정리하지 못하고 살아왔을까'라는 안타까움 섞인 탄식, 후회, 슬픔의 감정이 오롯이 느껴졌기 때문이다.

세상 누군들 그렇게 깔끔히 정리된 삶을 살고 싶지 않았을까.

살다 보니 어느새 눈덩이처럼 불어난 인생의 무게가 의뢰인들에게도 참 버거웠을 것 같다. 주인공들의 모습이 마치 점점 삶을 옥죄여 내가 설 자리를 갉아먹어도, 정작 혼자 힘으로는 어찌하지 못하고 도돌이표처럼 내일을 맞이한 내 모습과 오버랩 됐다.

오래전 집 안을 쓰레기 더미로 만드는 사람들을 다룬 다큐멘터리도 떠올랐다. 집주인이 외부인의 도움을 받아 강제로 들어간 실내는 브라운관 너머로도 충분히 더러움과 악취가 전달되는 것 같았다. 그곳에는 쓰레기 더미와 함께 대부분 자신의 삶을 스스로 정리할 수 없는, 몸과 마음이 아픈 사람들이 살고 있었다.

문득 자신의 삶을 스스로 정리하며 산다는 것은 결코 쉬운 일이 아니라는 생각이 들었다. 단순히 내가 사는 공간을 열심히 쓸고 닦는 것 말고, 인생을 살면서 적절히 취할 것과 버릴 것을 선택하는 정돈된 삶. 나이가 들어도 여전히 어렵다.

무언가를 정리하려면 일종의 컨트롤 능력. 즉, 통제권이 온전히 나에게 있어야 하는데 지금 내 인생은 그렇지 못하고 갈대처럼 사정없이 외부 요소에 영향을 받으며 흔들린다. 정신을 차리고 통제하며 정리를 좀 해보려고 해도 여지없이 가족, 지인, 직장, 기타 등등 각종 외부 요인들에 휘둘려 금방 엉망이 된다.

　그래서 일단 내가 통제할 수 없는 거대한 파도는 제쳐두고, 지금 내 보금자리 정리 정돈이라도 제대로 해보기로 마음먹었다. 주기적으로 열심히 쓸고 닦고 있지만 맥시멀리즘과 미니멀리즘 그 중간 어드매에 어정쩡하게 서 있는 나는, 제대로 정리한다기보다 그저 '물건들을 깨끗이 잘 쌓아두기'를 시전 중이다.

　그래도 정리의 출발점 '비우기'부터 열심히 시도해 봤다. 약 한 달간, 하루에 물건 3개씩 버리기를 목표로 세우고 성공한 날은 O 기호를, 실패한 날은 X 기호를 달력에 표시해봤다. 일명 '버리기 캘린더'를 눈에 잘 띄는 냉장고 위에 떡 하니 붙여놓고 매일매일 바라보며 집 안 곳곳을 매의 눈으로 살폈다. 솔직히 1~2주일 정도면 더 이상 버릴 것이 없을 것 같았는데, 한 달이 훌쩍 지난 지금까지 하루 3개씩 물건을 꼬박꼬박 계속 버리고 있다.

　그렇다고 무언가를 무작정 냅다 가져다 버리진 않았다. 이 물건이 어디서 났는지, 무슨 목적으로 구매했는지, 여전히 그 목적이 유효한지, 지금은 쓸모를 다했지만 앞으로 또 필요할 일이 생길지, 그러면 어떻게 할지 같은 것들을 하나하나 살펴보는 과정을 거쳐 심사숙고한 뒤에 최종 결정을 내렸다. 의외로 그 과정들이 나름대로 재미있었다. 단순히 필요와 쓸모의 범주를 벗어난 물건들, 가령 존재만으로 의미와 추억이 있는 물건들을 마주할 때면 더 골똘히 생각에 빠졌다. TV에 나온 정리 전문가는 사진을 찍어 보관하는 것도 방법이라고 했지만 사실 이미 사진첩도 포화 상태다. 손끝으로 만져지는 물건의 촉감이 사진 속 물건과는 엄연히 달라 계속 망설여지는 아이템들도 많았다. 단순히 물건을 처분한다는 의미를 넘어 현재 무엇을 선택해 미래에도 짊어지고 갈 것인가 고민하는 시간이었다.

한동안 내 커리어를 놓고 방황하던 때가 떠올랐다. 하는 일이 딱히 적성에 맞는 것 같지도 않고 그다지 행복하지도 않은 것 같은데, 이미 익숙해진 업무와 남들이 보기에는 적당히 매력적인 자리라는 점이 나를 이러지도 저러지도 못하게 했다. 그때 친한 선배의 조언이 가슴을 울렸다.

"너 그렇게 양손 가득 쥐고 뭘 또 가지려고 그래. 그러고 있으면 절대 못 잡아. 쥐고 있는 손을 펴야 다른 걸 다시 잡지."

그제야 내려다본 내 두 손에는 어느새 쓸모없는 모래알들이

한 움큼씩 꽉 쥐어져 있었다. 슬그머니 펴보니 그토록 아등바등 꽉 쥐고자 했던 것들이 바람결에 흔적도 없이 스르르 날아가 버렸다. 그 후로 스스로 정말 중요하다고 생각한 것들을 쫓아 결국 지금의 자리까지 왔다. 그럼에도 불구하고 여전히 '내 삶 전체를 신박하게 정리하며 잘 살고 있는가?'에 대한 의문에는 아직도 확신이 없다.

과연 누군가의 도움 없이, 스스로 내 인생을 신박하게 정리하며 살 수 있는 날이 오긴 올까?

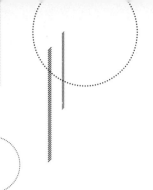

마이 드림 하우스

출퇴근 길, 짧은 시간에도 창밖 풍경을 보며 많은 것들을 생각한다. 그중 내가 가장 제일 좋아하는 공상 주제는 만약 내게 장소와 자본의 제한이 없다면 꼭 살아보고 싶은 '마이 드림 하우스'에 대한 상상이다.

내 또래들이 영혼까지 끌어모아 서울과 수도권 아파트 장만에 열을 올리는 지금, 나 역시 서울 하늘 아래 내 명의의 아파트 한 채 가지길 간절히 소망한다. 때론 한 치의 개성도 없이 위로만 솟은 성냥갑 같은 아파트가 내가 정말로 살고 싶은 곳이 맞는지, 의문이 든다.

그저 남들이 원하니까 맹목적으로 쫓는 것이 아닐까? 정작 진정으로 뭘 원하는지도 모르고, 한정된 자원을 차지하기 위한 경쟁에 얼떨결에 뛰어들어 인생에서 너무 과한 열정과 에너지를 쏟고 있는 것이 아닐까? 라는 생각이 종종 든다.

만약 정말 아무런 제약이 없다면 나는 아파트보다 오히려 단독 주택에 살고 싶다. 나만의 흙과 풀, 땅이 있는 공간에 살고 싶다. 전망도 중요하니 이왕이면 이층집이었으면 좋겠다.

그렇다고 인적이 드문 산기슭에 홀로 동떨어져 살고 싶진 않다. 편의 시설들과 가깝고, 교류할 이웃들도 조금 있었으면 좋겠다. 그렇다고 이웃과 담벼락 하나 사이에 두고 딱 달라붙어 사생활 보호가 안 되면 그건 또 곤란하다. 쭉 적다 보니 몇 년 전 방문했던 미국 포틀랜드 사촌 댁이 연상된다. 적당한 거리를 두고 떨어져 있던 단독주택들과 하늘 높이 솟아오른 나뭇길들을 보자 답답하고 꽉 막혀 있던 가슴이 절로 탁 트이는 것 같았다.

기억을 더듬어 보니 어릴 때 부모님과 함께 빌라, 상가 건물, 단독 주택, 아파트 같은 다양한 집들에 살았다. 물론 성장과정 대부분의 시간을 아파트에서 살았지만 딱히 그립거나 애잔한 느낌은 없다. 오히려 어릴 때 아주 잠시 살았던 낡은 단독 주택이 제일 그립다. 우리가 어쩌다 그 집에 살게 되었는지 잘 기억나진 않지만 30대 초반, 젊은 부부였던 부모님이 미취학 꼬맹이 둘을 데리고 살기에는 제법 넓은 이층 단독 주택이었다. 작은 마당에는 커다란 돌들로 만들어진 미니 폭포와 연못도 있었다. 그 앞에 쭈그리고 앉아 동생과 물고기들을 관찰하거나 물 위로 떨어진 낙엽들을 엄마가 뜰채로 건져내는 걸 구경하며 놀았던 기억이 난다.

정원에 연못까지 딸린 이층집이라 하면 제법 부유한 단독 주택을 떠올릴지도 모르겠지만, 사실은 정말 낡디낡은 목조 주택이었다. 사람이 오래 살지 않아 폐가처럼 방치되어 있던 그 집에 들어가, 부모님이 제일 처음 하셨던 일은 집 안 곳곳에 쳐진 거미줄을 걷어내는 일이었다. 아빠가 대왕 거미들을 빗자루로 쳐 죽이시는 데 어찌나 징그럽고 무섭던지, 아직도 그 모습이 눈에 선하다.

입성 첫날 불안한 눈으로 아빠 뒤에 붙어 "이 집 귀신 나올 것 같다고, 우리 정말 여기 사는 거 맞냐고" 쫑알대던 기억이 난다. 그 집은 화장실이 좀 특이했는데 세면대와 욕조만 있는 메인 화장실 하나, 이층으로 향하는 계단 아래 겨우 1평 남짓한 변기만 하나 달랑 놓여 있던 화장실이 있었다. 용변을 보러 거실을 가로질러 으슥한 계단 아래 화장실을 혼자 가는 것이 무서워 매번 화장실 문 앞에 엄마를 보초 세워 두었던 기억이 난다.

낡은 집은 부모님이 때마다 열심히 쓸고 닦아서 그런지 시간이 지나자 제법 사람 사는 집 같아졌다. 그러나 애써 공들여 가꾼 보람도 없이 철거 때문에 고작 1년 정도 살고 이사해야 했다. 짧은 시간이었지만 그 집에서 만들었던 추억이 아직도 소중하다.

부모님이 위험하다고 한사코 내려오라고 했지만 날다람쥐처럼 정원 연못가 바위 위를 오르락내리락하며 놀았던 기억과, 단풍이 아름답게 지면 예쁜 단풍잎을 따서 엄마와 책 사이에 넣었던 추억. 집 안 곳곳에서 책을 읽던 기억도 고스란히 마음에 남았다. 이층으로 이어진 나선형 낡은 나무 계단 위에서, 걸을 때마다 삐걱 소리가 나는 넓은 거실에 덩그러니 놓여 있던 소파 위에서, 정원이 내려다보이는 높은 베란다에 올라앉아 세계문학 전집을 탐독하던 기억들이 떠오른다.

그 추억들을 쫓다 보면 뽀글뽀글한 파마머리를 양 갈래로 야무지게 묶고, 앞니 뽑는 걸 세상에서 제일 무서워했던 어린 꼬맹이, 바로 내가 있다. 눈이 오면 동생과 마당에서 꼬마 눈사람을 만들고, 볕이 좋으면 베란다에서 부모님과 삼겹살을 구워 먹으며 참 행복했다. 그 이후로 이사 간 상가 건물에서는 방에서 컴퓨터 게임을 하던 기억밖에 없다. 그 다음에 살았던 아파트들은 그저 학교와 학원을 마치고 돌아와 겨우 잠만 자던 기억이 전부로 특별히 떠오르는 추억이 없다.

도시 근교에서 자연의 변화를 체감하며 추억을 만들 수 있는 공간. 나는 앞으로 정말 그런 곳에서 살고 싶다. 다시 현실로 돌아와 서울 하늘에 초고층 아파트들을 바라보면, 어느덧 내 소망은 성냥팔이 소녀의 소원 불꽃처럼 순식간에 사라져 버린다.

'내가 진정으로 원하는 것이 뭘까?' 그렇게 나는 매일 남들이 원하는 것과 내가 원하는 것들 사이에서 방황하며 오늘도 일터로 향한다.

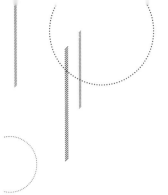

조금 부족해도 괜찮아. Really?

퇴근 후, 종종 서점에 들러 좁다란 서가를 돌아다니며 기분 전환을 한다. 내게 서점은 일종의 소리 없는 전쟁터다. 수많은 책 더미 속에서 정보, 지식 습득이 주목적의 책들을 제외하면 크게 2개의 진영으로 나뉘는 것 같다.

첫 번째 진영은 자기계발서 섹션. 그곳에서는 "너 지금 이러고 있을 때가 아니야! 당장 정신 차려!"라고 한겨울 삭풍처럼 서슬 퍼렇게 외친다. 반대쪽 진영인 에세이 코너에서는 "괜찮아, 다들 그렇게 살아."라고 봄바람처럼 다독이며 위로한다. 두 개의 상반된 목소리들이 한 공간에서 보이진 않지만 치열하게 대치 중이다. 나는 그 사이를 요리조리 헤집고 다니며 책도 보고 조심스럽게 다른 사람들도 관찰한다. 그러면 팽팽한 대치 상태 사이에서 헤매는 인생은 비단 나뿐만이 아닌 것 같아 위로가 된다.

삶의 모든 면이 완벽할 수 없다. 머리로는 충분히 이해가 가지만 가끔 그 사실을 망각하고 스스로를 옭아맨다. 때로는 타인의 삶과 견주기도 하고, 가끔은 누군가 콕 짚지 않아도 스스로 부족한 부분이 보여 자책한다. 부럽기만 한 다른 이의 삶도 사실 지근거리에서 한 꺼풀만 들춰보면 역시나 완벽하지 않다는 사실을 머리로는 잘 알면서도, 장막 속에 감춰진 실체가 보이지 않으니 나 빼고 모두 완벽한 삶을 사는 것 같은 착각이 든다.

가끔은 뻔히 의도적으로 편집된 모습이라는 것을 알면서도 순식간에 풀이 죽는다. 철이 좀 들면서 인생에는 정답이 없으며 100명의 사람에게 각기 다른 100개의 인생이 있다는 것을 조금씩 받아들인다. 그래서 남들과 비교해 나를 평가하고 또 평가받는 삶에 대해 제법 담담해졌지만, 오히려 스스로 정한 기준과 기대한 수준에 도달하지 못하면 더욱 실망하고 끝도 없는 심연으로 가라앉는다.

인생 선배들은 그럴 때는 바닥까지 가라앉아 봐야 다시 위로 올라 올 수 있다고들 하던데, 요즘은 도무지 바닥이 어디까지인지 모르겠다. 시작과 끝도 없는 중간쯤에서 그저 더 가라앉지 않게 허우적거리고 있는 느낌이다. 모든 면에서 완벽할 수 없으니 조금 부족해도 괜찮다고들 하지만 마음 한구석에서 스멀스멀 피어오르는 의구심.

 '정말? 정말 저 부족해도 괜찮나요?'라는 의문을 도저히 지울 수가 없다. 실은 앞에서는 부족해도 괜찮다고 말하면서, 조금이라도 미흡한 부분이 있으면 사정없이 대열에서 아웃 시키는 것이 이 사회의 암묵적 규칙 아닌가. 무욕의 삶을 살지 않는 한 인생은 결승점이 없는 무한 경쟁 레이스 같다.

 경쟁에서 한발이라도 앞서려면 뭐하나 뾰족하게 남들보다 뛰어나야 하는데, 실상은 뛰어나긴커녕 남들만큼 따라가는 것도 종종 벅차다. 그 와중에 세상은 어찌나 빨리 변하는지. 하루가 다르게 쏟아지는 각종 신기술과 새로운 신규 서비스 홍수 속에 도태되지 않으려 허우적거린다. 오늘은 완벽히 이해하고 적응한 것 같아도 하룻밤 새 모든 것이 바뀌어 다시 원점으로 돌아가는 경우가 허다하다. 그럴 때 맥이 탁 빠진다. 애써 적응한 보람도 없이 반복되는 소모전에 정신적으로, 육체적으로 에너지가 고갈되는 것 같다.

"정말 저 부족해도 괜찮나요?"

"아니. 사실은 괜찮지 않아."

자기소개서 장단점 기입란에 단점을 그대로 적으면 안 된다는 취준생들의 암묵적인 룰이 있었다. 단점 기입란에 정말 부족한 부분을 눈치 없이 솔직하게 기입하면 가차 없이 서류부터 광탈하기 십상이다. 일종의 '세련된 뎇' 같다. 요즘 꼭 그런 상황 같다. 겉으로는 부족해도 괜찮다고들 하면서 미혼에, 동거인도 없으며 곧 있으면 만 34세를 넘어 국가가 정한 청년의 범위에서도 멀어지는 나는, 지금 전혀 안 괜찮다. 사실은 괜찮지 않은데 자꾸 괜찮아도 될 것 같은 뉘앙스를 풍기니까 헷갈린다.

차라리 '마음 앓이'라도 덜하게 그냥 솔직하게 앞에서 대놓고 말해줬으면 좋겠다.

'남들보다 부족하면, 사실은 하나도 안 괜찮다고'

그럼 어떻게 해야 할까? 고민하다 보면 또 끝없는 심연으로 가라앉는다. 체념과 수용밖에 답이 없는 걸까? 이대로라면 나는 결국 서울 하늘 아래 내 명의의 집 한 칸 마련하는 것이 어렵다는 사실을 받아들이고 포기해야 하는 걸까?

기한 없는 희망 고문과 현실의 민낯 아래 옴짝달싹하지도 못한 채, 숨이 턱턱 막혀 꽉 끼어 있는 느낌이다. 다시 한번 세상에 진심으로 묻고 싶다.

"정말 저 남들보다 부족해도 괜찮나요? Really?"

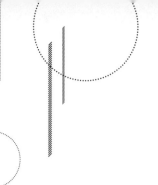

오롯이 홀로서기

20대 중반까지, 가족들과 떨어져 한 번도 혼자 살아보지 않았다. 학부 때 외국에서 잠깐 한 학기쯤 따로 살아본 적은 있지만 그것은 일종의 '임시 단기 독립' 상태였고, 귀국하면 당연히 부모님 댁에 복귀해야 했다. 그래서 그런지 부모님도 딱히 내가 본인들 그늘을 떠났다고 생각하지 않으셨다. 부모님은 자식이 '장시간 외출한 상태'이지 '내 품을 벗어나 자립한 상태'는 아니었다.

나만의 공간을 따로 얻고 물리적, 경제적으로 부모님께 완전히 독립했지만 처음 1~2년간 부모님과 나는 양쪽 모두 정서적으로 독립하는 데 연습이 필요했다. 그 과정에서 잔잔한 분란도 꽤 많았다.

우선 '전화 연락' 문제로 참 많이 다퉜다. 수평적이고 자유로

운 분위기에서 부모님과 대화가 많았던 나는 집에서 내 일상에 대해 이것저것 수다스럽게 조잘대곤 했다. 그랬던 딸이 어느 날 갑자기 사라져버리니 못내 허전하고 보고 싶으셨는지 양친이 번갈아 2~3일에 한 번씩 돌아가며 전화하셨다. 또 부모님은 왜 내가 자주 안부 전화를 드리지 않는지, 왜 이번 주말에는 오지 않는지 서운해하시고 역정 내시다가 한동안 토라지기도 하셨다.

전화 연락 문제로 언쟁하고 서운해하고 화해하는 무한 루프를 몇 번이나 거듭한 후, 결국 부모님이 포기하셨다. 슬프지만 더 이상 자식이 정서적으로도 본인들 통제권 밖에 있다는 사실을 차츰 받아들이시고 적응하신 것 같다. 아마 내가 평소 무뚝뚝한 아들이었다면 더 빨리 적응하셨을까? 딸 부잣집이라 그 부분은 잘 모르겠다. 이제 부모님은 더 이상 내가 자주 전화하지 않는다고 볼멘소리를 하시지도 않고, 빈번히 연락해 내 사생활을 궁금해하지도 않으신다. 그러자 신기하게도 오히려 가족들과 사이가 더 평화로워지고, 매일 살 부대끼고 살던 시절보다 더 반갑고 애틋해졌다.

요즘에는 뒤늦게 철이 좀 들어 부모님의 헛헛한 마음을 조금은 헤아리게 된다. 그러나 독립 초반에는 부모님의 전화가 어찌나 귀찮고 간섭 받는 느낌이던지. 육신만 집에서 벗어났지 나의 정신은 여전히 부모님 그늘에 매여 있는 것 같았다.

돌이켜보면 서로를 하나의 인격체로 완전히 받아들이는 데 연습이 필요했던 것 같다. 부모님도 난생처음 자식을 독립시켜봤기 때문에 적응하는 데 시간이 필요하셨고, 그 과정에서 소소한 마찰이 생긴 것뿐이다. 나도 마찬가지다. 내 삶은 내가 알아서 개척할 것이라고 호기롭게 독립해 놓고 뭔가 문제가 생기면 바로 부모님께 쪼르르 달려갔다. 엄마아빠에게 구속이나 간섭을 받긴 싫었지만 힘들 때 도움은 받고 싶었다. 참 모순적이고 미성숙한 태도라는 것을 잘 알았지만 그때는 나 또한 부모님과 정서적으로 분리되는 것에 시간이 필요했다.

요즘 '어떻게 살 것인가'에 대한 고민이 많다. 나라는 인간이 내 삶을 꾸려나가는 데 과연 어떻게, 어떤 방식으로 살 것인가 무척 고민이 된다. 그래서 최근 1~2년간 참 사는 게 버겁고 정신적으로도 몹시 힘들다. 때로는 머리가 너무 아파서 그냥 다 때려치우고 도망치거나 숨고 싶다.

독립 이후, 부모님 영향력 없이 인생에서 내 기준대로 스스로

무언가를 선택하는 연습. 일명 '홀로서기 연습'을 이제서야 제대로 혹독히 하는 것 같다.

내가 선택한 길이 애초에 의도치 않았던 종착지에 닿을까 봐 무섭고 불안하다. 다시 부모님 집으로 돌아가 엄마 아빠가 만들어 준 평화롭고 안전한 보금자리에서 부모님이 시키는 대로, 가라는 길로 순종적으로 안전하게 살고 싶다고 생각한 적도 많았다.

하지만 인생에 백Back도는 없다. 내 손으로 부모님의 둥지를 박차고 세상으로 나왔으니 그 책임 역시 내 몫이다. 선택의 자유와 맞바꾼 인생의 무게를 온전히 스스로 감당해야 한다. 무슨 일이든 시행착오 없이는 발전도 없으니, 비록 지금 두렵고 도망치고 싶어도 양 주먹 꽉 쥐고 매일 한 발자국, 한 발자국씩 용기를 내서 앞으로 전진해 본다.

부모님의 울타리는 영원할 수 없고 언제가 반드시 깨지고 사라진다. 그때를 대비하기 위해 이제라도 혼자 나아가는 연습을 하다 보면 분명 요령이 생길 테고 혹, 넘어지더라도 다시 일어서면 더욱더 단단해질 것이다.

인생 첫발을 디디는 걸음마를 시작할 때나 자전거를 처음 탈

때를 떠올려 보자. 결국 옆에서 넘어지지 않게 붙잡아주던 부모님 손을 놓아야, 비로소 혼자 앞으로 나아갈 수 있지 않은가.

그러니 혼자라고 두렵다고 해서 물러나지 말고, 우리 조금만 더 용기를 내보자. 언제가 될지 모르겠지만 분명히 도래할 내 인생의 황금기를 위해.

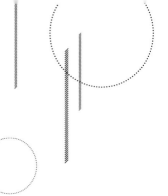

독립하면 저절로 되는 줄 알았어

일단 독립만 하면 나머지 부차적인 것들은 저절로 알아서 되는 줄 알았다. 물론 집을 구하는 일과 자금을 마련하는 일이 난공불락 요새를 점령하는 일만큼 호락호락하지 않을 것이라고 내심 예상은 했다. 그러나 그 과정만 잘 헤쳐 나가면 나머지는 순풍에 돛단배처럼 시원하게, 거침없이 내 뜻대로 넓디넓은 세상으로 쭉 나가는 줄 알았다.

착각이었다.

서울 하늘 아래 내 한 몸 누일 공간을 마련하는 일은 험난한 여정의 시작일 뿐이었다. 무식하면 용감하다고 지금은 그저 피식 웃음이 나온다.

독립된 공간에서 1인 가구로 의식주를 해결하며 혼자 삶을 꾸려가려는 일은 생각보다 정말 만만치 않은 일이었다. 예상치 못한 난관들 때문에 몸과 마음이 탈탈 털려 틈만 나면 모래알처럼 부서지기 일쑤였다. 태어나 처음으로 '자유에는 책임이 따른다'는 말과 '세상에 공짜는 없다'는 말을 뼈저리게 실감했다.

사실대로 고백하자면 독립해서 '앞으로 나는 어떻게 살 것인가?' 같은 철학적인 주제를 놓고 고민한 시간은 거의 없었다. 그저 반복되는 일상에 치여 매일매일 먹을거리와 청소, 빨래, 생활비 걱정에 대부분의 시간을 보냈다. 그러나 자칫 이 사소해 보이는 모든 일도 삶의 방향성을 결정하는 일만큼이나 중요하고 가치 있는 경험들이었다.

부모님 품을 떠나 홀로서기 한 지 어느덧 7년 가까운 시간이 지났다. 이제 1인 가구 생활에 꽤 자신감이 붙었지만 여전히 세상이 정한 틀과 기준에 따라가지 못할까 봐 조바심이 난다.
내가 진정으로 바라는 것들과 남들이 원하는 것들 사이에서도 여전히 흔들리고 방황한다. 자연과 더불어 군더더기 없는 미니멀한 삶을 동경하지만, 여전히 마음 한 켠으로는 대도시의 편리함과 화려한 삶이 좋다.

빈곤한 취향을 극복하기 위해 주기적으로 무언가를 끊임없이 지르며 스스로를 알아가는 중이다. 여전히 삶을 채우고 비우는 행위를 반복하며 평범한 일상을 산다. 가끔 모순 덩어리 같은 내 삶의 태도에 자조하기도 하고, 다른 이의 삶을 질투하기도 하다가 실은 사실은 남들도 나와 별 차이 없겠거니, 그렇게 스스로 다독이며 산다.

그동안 1인 가구로, 한 명의 인간이 혼자 사는 시간에 대해 많은 생각을 했다. 앞서 소개한 에피소드처럼 "어쩌면 누구나 인생에서 의도했든, 의도치 않았든 한 번쯤은 혼자 사는 시간이 오지 않을까?" 같은 맹랑한 생각을 하며 주변 지인들에게 **"그러니까 너희들도 방심하지 마. 언젠가는 혼자 사는 시간이 반드시 올 거야."**라는 발칙한 경고를 날린다. 그러니 지금 혼자 산다고 해서, 어떤 형태로 살고 있다고 해서 특별히 애달파 하거나 불안해하지 않기로 했다.

스스로를 책임지는 가장으로서 '1인 가구를 운영하는 것'은 그동안 내가 배워온 지식과 전혀 다른 범주로 수많은 시행착오를 경험하게 했다. 그러나 불굴의 의지로 계속 전진하며 어른이에서 어른으로 성장 중이다. 남들에게 별거 아닌 소소한 해프닝과 일상일지라도 지나고 보니 그 모든 과정이 눈부시게 반짝거렸다.

미주알고주알 나의 1인 가구로서 즐거움과 애환, 각종 고난과 자기 성장에 대해 적어 봤으나 그 또한 수많은 삶의 한 가지 형태일 뿐이라는 점을 독자들이 꼭 기억해 줬으면 한다.

지금 나와 같이 현재 혼자 살고 있는 사람과, 앞으로 혼자 살기를 꿈꾸는 사람들. 그리고 미래에 혼자 살게 될지도 모르는 많은 사람들에게 나의 글들은 그저 하나의 흥미로운 이야기들로 가볍게 받아들여졌으면 한다.

우리 모두에게 애초에 완벽한 삶,
정답 같은 인생은 처음부터 존재하지 않으니까.

　부모님 집을 나와 일단 독립하면 나머지 것들은 그냥 저절로 알아서 되는 줄 알았습니다. 이미 충분히 눈치채셨을 테지만 1인 가구로서 저의 독립 라이프는 제가 예상했던 것보다 훨씬 다이내믹하고 스펙터클 했습니다.

　밀물 썰물처럼 매일매일 반복되는 가사 노동은 퇴근 후 일상을 더욱 고되게 했고, 비루한 요리 실력은 좀처럼 나아지지 않아 속상할 새도 없이, 고정비는 눈덩이처럼 불어 숨만 쉬어도 돈이 나갔습니다.

　타인의 삶과 비교하지 않겠다고 마음속으로 수십, 수만 번을 다짐했지만 정작 세상 돌아가는 이야기와 요즘 트렌드를 알아야 한다는 직업병이 도져 각종 SNS로 다른 이의 삶을 엿보며 지금도 가끔 좌절합니다.

　하루가 다르게 복잡해지고 변하는 주거 정책들 속에서 미혼의 1인 가구로서 서울 하늘 아래 이 한 몸 안전하게 누일 곳을 찾아 전전긍긍하며, 때론 분노하고 때론 슬펐습니다.

　제가 사는 이유이자 존재의 이유, 노동의 이유가 고작 대한민국에 집 한 채 마련하는 것이 아니라며, 내 인생의 소명은 따로 있다고 생각할 때마다 마치 온 세상이 아직 철모르는 소리 한다고 비웃는 것 같았습니다. 그럼에도 불구하고 다시 에너지를 모아 저는 여전히 저만의 보랏빛 미래를 꿈꾸며 글을 씁니다. 돌이켜보면 뭐 하나 쉽지 않았지만 독립해 자립하기로 한 지난 제 선택은 절대 후회하지 않습니다. 스스로 생계를 책임지는 1인 가구의 가장으로서 인생에서 '먹고 사는 문제'는 생각보다 엄청난 일이란 것을 몸소 깨달았으니까요.

요즘에는 '나는 앞으로 어떻게, 어떤 방식으로 삶을 살아갈 것인가?'와 같은 고민까지 생각의 범위가 훌쩍 커졌습니다. 그러나 그런 원대한 고민에 비해 제 글들은 대부분 지극히 소소하고 평범한 일상과, 1인 가구로서 어려움에 대한 하소연 내지 푸념에 가까운 에피소드들이 전부입니다. 하지만 제 이야기들이 부디 저와 비슷한 처지의 독자님들께 작은 기쁨과 공감, 위로와 힐링이 되었으면 합니다.

끝으로 제가 세상에서 제일 잘 난 줄 아시는 부모님. 근면성실한 초보 농부 아버지와 세상에서 가장 사랑하는 어머니, 곧 출산을 앞두고 엄마로서 인생 2막을 준비하는 타향 만 리에 있는 동생과 제부, 앞으로 무한한 가능성을 지닌 질풍노도의 막내에게 감사와 애정의 말을 전합니다.

또한 작가로서 저의 가능성을 믿고 발굴해 주신 채륜서 식구들과 항상 저의 든든한 지원군 편십자님께도 감사 인사를 전합니다. 마지막으로 제 주변의 소중한 친구들과 저를 아끼는 지인들에게 하루빨리 코로나 위협에서 벗어나 이 책을 빌미로 찾아뵈며 감사 인사를 전하고 싶습니다.

모두 진심으로 감사합니다.

이영란 드림

만든 곳에 대해서 더 알고 싶으신 분은 인스타그램 @chaeryunbook으로 방문해 주세요.
책만듦이의 비하인드 스토리, 출판사에서 일어나는 일상 기록이 담겨있어요.

독립하면 저절로 되는 줄 알았어

1판 1쇄 펴낸날 2021년 1월 29일

지은이 이영란

책만듦이 김미정 책꾸밈이 이민현

펴낸곳 채륜서 펴낸이 서채윤
신고 2011년 9월 5일(제2011-43호)
주소 서울시 광진구 자양로 214, 2층(구의동)
대표전화 1811.1488 팩스 02.6442.9442
E-mail book@chaeryun.com Homepage www.chaeryun.com

ⓒ 이영란. 2021
ⓒ 채륜서. 2021. published in Korea

책값은 뒤표지에 있습니다.
ISBN 979-11-85401-55-3 03810

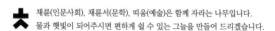

채륜(인문사회), 채륜서(문학), 띠움(예술)은 함께 자라는 나무입니다.
물과 햇빛이 되어주시면 편하게 쉴 수 있는 그늘을 만들어 드리겠습니다.